D1611941

CROQUÉS TOUT ROND

Collection
a l l i - b i

Conçue et dirigée par
Yvon Brochu

CROQUÉS TOUT ROND

Mary Woodbury

Traduit de l'anglais par Hélène Vachon

Données de catalogage avant publication (Canada)

Woodbury, Mary, 1935-

(Invisible Polly McDoodle. Français)

Croqués tout rond

(Collection Alli-Bi)
Traduction de: The Invisible Polly McDoodle.
Pour les jeunes de 10 à 12 ans.

ISBN: 2-7625-8427-2

I. Titre. I. Titre: Invisible Polly McDoodle.
Français. III. Collection.

PS8595.064415814 1996   jC813'.54   C96-940396-8
PS9595.064415814 1996   PZ23.W66Cr 1996

The invisible Polly McDoodle
Texte: © Mary Woodbury 1996
publié par Coteau Books

Sous la direction de Yvon Brochu
R-D création enr.
Illustration de la couverture: Stéphane Jorisch
Infographie de la couverture: Michael MacEachern
Mise en page: Jean-Marc Gélineau
Réviseur-correcteur: Daniel Charron

Version française
© Les éditions Héritage inc. 1997
Tous droits réservés

Dépôts légaux: 1er trimestre 1997
Bibliothèque nationale du Québec
Bibliothèque nationale du Canada

ISBN: 2-7625-8427-2
Imprimé au Canada

LES ÉDITIONS HÉRITAGE INC.
300, rue Arran, Saint-Lambert (Québec) J4R 1K5
(514) 875-0327

Cette traduction a été rendue possible grâce à une subvention du Conseil des
Arts du Canada.

LE LAPIN FANTÔME

— Une vraie tête de linotte! s'exclama Ted McDougall.

C'est le père de Polly qui plaisantait ainsi: Polly avait oublié son blouson de ski dans l'autobus. Un blouson vert lime flambant neuf.

— Est-ce qu'on va passer les vacances de Noël à te suivre à la trace, dis-moi?

Polly baissa le nez et considéra un moment ses vieilles espadrilles roses complètement avachies. Son père retourna à ses carottes et jeta les minces rondelles orange dans le ragoût qui mijotait tout doucement. La vapeur qui montait de la marmite embuait complètement ses lunettes.

— Seigneur! murmura-t-il.

— C'est à toi de téléphoner, pas à nous. Débrouille-toi.

La mère de Polly était assise à la table de la cuisine et feuilletait l'annuaire du téléphone.

— Quand c'est pas les livres de bibliothèque ou les espadrilles, c'est le blouson!

Une mèche de cheveux blond roux
retomba sur le front de Jan McDougall et la
jeune femme la replaça avec un geste d'impatience.

— Elle veut attirer l'attention, c'est tout,
déclara le frère de Polly depuis le vestibule.

Il se débarrassa de ses bottes et pénétra
dans la cuisine sans un regard pour Polly. Il
ouvrit le réfrigérateur et en examina le contenu
en fronçant les sourcils :

— Rien à manger!

Polly aurait voulu disparaître. Sous le
mince tapis gris, elle vit s'ouvrir une trappe
assez grande pour l'engloutir tout entière —
elle et son mètre vingt-cinq tout en os et en
angles, ses genoux écorchés et ses cheveux
roux qui cachaient presque complètement ses
yeux. Être un enfant, des fois, quel enfer!
Était-ce sa faute à elle s'il lui arrivait de perdre
un peu le nord? Pas étonnant avec tout ce qui
se passait à l'école! Était-ce sa faute à elle si
elle avait retiré son blouson parce qu'il faisait
trop chaud dans l'autobus? Si elle et sa copine
Robin étaient distraites? Si elle et sa copine
avaient dû se ruer sur la portière à la toute
dernière seconde, pour ne pas rater l'arrêt? Et
puis de quoi se plaignaient-ils? Elle n'avait

rien oublié d'autre que son blouson, après tout. Elle avait pensé à ses clés, à son bloc à dessin et à son sac à dos. Elle n'était donc pas totalement irresponsable, seulement à moitié. Polly-la-gribouilleuse. Polly-la-gribouilleuse-à-moitié-irresponsable poussa un soupir à fendre l'âme.

— Ça va Polly? Désolé de t'avoir taquinée, fit son père en lui caressant la joue. Pour moi aussi, la journée a été dure. J'ai dû congédier un commis qui passait son temps dans l'arrière-boutique. Sans parler de cet hurluberlu qui a essayé de nous piquer nos meilleures chaussures de basket. Celles qui étaient dans la vitrine!

Ted se passa la main dans les cheveux et se massa les tempes. Comme s'il voulait évacuer tous ses ennuis, songea Polly. Il cligna des yeux plusieurs fois de suite — d'immenses yeux bruns, nota une fois de plus Polly — et les rides autour de ses yeux et de sa bouche s'accentuèrent.

— Tu devrais abandonner le commerce, fit remarquer Jan.

Elle était occupée à dresser la liste des menus et des corvées pour la semaine suivante. C'était une habitude chez elle, elle ne sautait jamais une semaine. C'était une femme parfaitement organisée, qui planifiait tout, à la maison comme au travail — au YWCA, en l'occurrence. Polly avait toujours pensé que sa mère serait capable de faire régner l'ordre aux quatre coins du monde si seulement on lui en donnait l'occasion.

— Gardez-moi du ragoût, fit Ted en endossant son blouson ; deux bras robustes et un torse bombé disparurent instantanément sous les yeux de Jan et de Polly. Sport Excel m'attend.

— On a visité l'école Kirby aujourd'hui, annonça Polly.

C'était la première fois qu'elle ouvrait la bouche depuis que l'orage avait éclaté au-dessus de sa tête.

— L'école des pseudo-artistes ! déclara Shawn en prenant son sac de hockey. Encore deux séances d'entraînement avant la grande première, ajouta-t-il en rejoignant son père dans le vestibule.

Le fils était la copie conforme du père. À deux exceptions près : les cheveux de Shawn étaient complètement noirs tandis que ceux de son père étaient déjà poivre et sel, et le fils dépassait le père de huit bons centimètres.

— Tout le monde sera là jeudi pour me voir à l'œuvre ? demanda Shawn.

— On ne manquerait ça pour rien au

monde, répondirent en chœur ses parents qui aussitôt éclatèrent de rire.

— Ça se peut qu'il y ait aussi des dépisteurs des ligues majeures, ajouta Jan.

Pendant un instant, le brouhaha joyeux des voix emplit l'appartement. Ted et Shawn dévalèrent l'escalier en se bousculant et le bruit de la porte qui se referme résonna dans tout l'appartement. Polly se mordit les lèvres avant de parler :

— À Kirby, il y a trois ateliers de dessin et un cours d'art dramatique.

Silence.

Sa mère s'affairait toujours dans la cuisine, ramassant les pelures de pommes de terre, de carottes et d'oignons pour les jeter à la poubelle. Elle se rinça les mains et les essuya sur son jogging d'un mauve tendre particulièrement lumineux qu'elle avait choisi expressément pour la saison hivernale. Puis, elle chaussa ses espadrilles.

Polly évitait de la regarder dans les yeux. Elle fixait un point, très loin au-dessus d'elle.

— Kyle y va, lui, à Kirby, dit-elle en haussant légèrement le ton.

— Laissons passer Noël, d'accord, ma chérie ? On en a assez comme ça avec Shawn, les plats à préparer pour les fêtes et les cadeaux à acheter. Sans compter mon travail.

Jan leva vers sa fille un regard anxieux :

— Tu es encore tellement jeune. C'est bien trop tôt pour penser à ton avenir. Tu devrais commencer par faire un peu plus attention à tes affaires. Ton blouson, par exemple. Un blouson tout neuf qu'on venait juste d'acheter. L'argent ne pousse pas dans les arbres, tu sais.

Jan tendit les bras et s'appuya au mur pour faire ses flexions. « Des mollets, ça se réchauffe », répétait-elle à tout bout de champ.

— Jette un coup d'œil au ragoût et brasse-le de temps en temps, d'accord ?

Avant que Polly ait eu le temps de répondre, sa mère était déjà dans le vestibule.

« Bon. Elle se sauve encore, songea Polly. Elle est bouleversée et c'est encore de ma faute. » Polly passa au salon et resta un long moment immobile, debout devant la fenêtre, à essayer de retrouver son calme.

La rumeur du trafic parvenait jusqu'à elle et le bruit d'une sirène se dirigeant vers l'hôpital attira un instant son attention. Les lumières de la 9e Rue s'allumèrent toutes en même temps, auréolant d'or chaque lampadaire. Des guirlandes d'ampoules multicolores clignotaient en permanence, dessinant le contour des balcons, des galeries et des toits. Tout à coup, l'obscurité n'était plus l'obscurité, tout à coup, elle faisait moins peur et, à moins d'une semaine de Noël, Polly sentit monter en elle l'excitation des fêtes. Polly n'était plus Polly-la-gribouilleuse, mais Polly-la-gribouilleuse-transportée-au-septième-ciel.

Chaque voiture qui passait éclairait le vieux saule près du stationnement et, au beau milieu des branches dénudées, le fort qui leur servait de repaire à elle, à son ami Kyle (surnommé « la Carpe ») et à Robin Weinstein. Polly tressaillit : assis au pied de l'arbre, droit comme un piquet, ses yeux lançant des éclairs roses au milieu des lumières de la ville, un lapin géant la fixait intensément. Sa fourrure était toute blanche, à l'exception des pattes et des oreilles qui mariaient leur teinte brune à celle de la terre gelée.

— Ton camouflage est nul, mon pauvre vieux, murmura Polly. Il y a même pas de neige ! Heureusement que tu as pas beaucoup d'ennemis, on te repérerait tout de suite.

Polly ouvrit la porte-patio et sortit dans l'air glacé de la nuit. Pas le moindre brin de neige, seulement le brun du vieux gazon rabougri, le noir des branches dénudées par l'hiver, le gris de l'asphalte et les jardinières vides. La neige aurait apporté un peu de magie à ce désolant spectacle.

Comme Polly aurait aimé peindre un paysage de neige, rempli d'arbres de Noël et d'enfants tirant des traîneaux! Dessiner lui était aussi essentiel que respirer. Elle adorait l'odeur des crayons et des gommes à effacer, celle du fusain et de la peinture aussi. Transformer un rectangle de papier blanc en une harmonie de formes et de couleurs était pour elle le comble du bonheur. Elle n'était pas une grande artiste, enfin, pas encore. Mais elle le serait un jour, elle en était sûre. Les doigts lui démangeaient rien qu'à l'idée de saisir son bloc à dessin et de faire un croquis.

Au lieu de cela, elle revint vers la cuisine et remua le ragoût. Puis elle décrocha le combiné du téléphone, pour le remettre en place aussitôt après.

Elle répéta ce manège trois fois avant de trouver le courage de composer le numéro que sa mère avait souligné d'un trait de crayon rouge dans l'annuaire. Elle se sentait engourdie et stupide. Et cette année, à l'école, comme à la maison d'ailleurs, il n'était pas question d'avoir l'air stupide.

C'est donc d'une voix incertaine qu'elle s'informa de son blouson. Au bout du fil, la dame la fit patienter quelques instants. À sa voix succéda un air connu, *Le Petit Renne au nez rouge*, que Polly écouta patiemment en dessinant une ribambelle de lapins au haut d'une feuille.

— On l'a, fit la voix, au moment précis où la bonne fée entreprend de consoler le petit renne. Il vient tout juste d'arriver.

« Moi, mon problème, songea Polly, c'est pas d'avoir le nez rouge, c'est d'aimer le dessin. » Chez elle, personne ne dessinait, mais tout le monde la taquinait. Même son père.

Elle promit à la dame de passer prendre son blouson le lendemain, mardi. Elle pourrait demander à Robin de l'accompagner après l'école.

Sa mère était de retour. Après avoir complété ses exercices, elle prit une douche et rejoignit Polly dans la cuisine.

— Jeudi, c'est le concert de l'école, dit Polly en allant chercher le lait.

— Mmm.

— Je fais partie du chœur.

Jan beurrait son pain de blé entier avec une application exagérée. Centimètre par centimètre. Avec de la margarine.

— Je croyais que tu n'étais pas dans le coup cette année.

— On l'est tous. Tout le monde fait partie du chœur, sauf Kyle, qui est au piano.

Jan prit une cuillerée de ragoût.

— Pour Shawn, c'est LA partie de la saison, comprends-tu? Des fois, Polly, je me demande si tu ne fais pas tout ce que tu peux pour nous compliquer l'existence. Je viens juste de te dire qu'avec le boulot, le hockey, les plats à préparer et les cadeaux à acheter, on en avait déjà par-dessus la tête. Alors, plus un mot sur le concert, d'accord?

— C'est moi qui ai peint la toile de fond.

— Est-ce qu'on ne pourrait pas la voir un autre jour?

Polly mâchouillait tranquillement ses pommes de terre en mettant de l'ordre dans son assiette: les légumes d'un côté, séparés en petits tas bien nets, la viande de l'autre. S'il y avait une chose qu'elle détestait, c'était d'avoir tous ses aliments mélangés, les carottes avec les pommes de terre et les pommes de terre avec la viande. Et puis, les carottes, elle les préférait crues, comme les lapins.

— Je te parle, Polly, fit sa mère avec humeur. Les concerts d'élèves, moi, ça m'ennuie, tu le sais. C'est toujours la même rengaine.

— Les parties de hockey aussi, c'est toujours la même rengaine, répliqua Polly en écrasant une pomme de terre.

— Comment peux-tu dire une chose pareille? Ton frère est l'un des meilleurs joueurs juniors de toute la ville! Il a un talent fou. Qu'est-ce qui te dit qu'il ne sera pas célèbre un jour?

— Il prend toute la place! explosa Polly.

Elle s'étrangla et se mit à tousser. Sa mère s'adossa à sa chaise:

— Tu vois ce qui arrive quand on se laisse emporter par la jalousie. Patiente un peu. Ton heure viendra, jeune fille. Un jour, tu pourras faire tes preuves, toi aussi.

Polly rougit et baissa le nez dans son assiette. Elle prit une autre bouchée de pommes de terre, mais ça n'avait plus aucun goût. C'était froid et presque aussi pâteux que de la colle à papier peint. Sa mère avait encore son air maussade et Polly ne comprenait pas pourquoi. Depuis un bout de temps, c'était toujours comme ça. On aurait dit que, quoi qu'elle dise ou fasse, Polly avait toujours tort. Enfant, les choses étaient différentes. Polly ne se souvenait pas d'avoir vu sa mère aussi impatiente. Alors qu'à présent, sa mauvaise humeur faisait partie du quotidien.

Polly s'absorba un moment dans la contemplation de son verre de lait. Elle le souleva et le fit osciller tout doucement, attentive au jeu des formes dessinées par le mouvement du liquide sur la paroi de verre: montagnes, vallées, un paysage accidenté se déployait sous ses yeux, plus blanc que les lièvres les plus blancs, plus blanc que neige.

Elle leva les yeux et regarda sa mère, ses immenses yeux bleus, ses taches de rousseur, ses longs cils, ses fossettes et son ample chevelure ondulée, sagement ramenée sur la nuque les jours où elle travaillait. Jan était aussi musclée qu'une danseuse. Elle avait d'ailleurs longtemps étudié la danse classique et le ballet moderne. Polly, elle, était petite et raide comme un bâton, tout en os et en angles. Phénomène étrange quand on est l'enfant d'une mère — et même d'un père — aussi souples. Lui, avait été champion de hockey jusqu'à ce que ses genoux demandent grâce et l'obligent à tout abandonner. Peut-être que les McDougall s'étaient trompés de bébé à l'hôpital. Une idée comme ça. Peut-être qu'à l'instant même, une autre Polly évoluait dans une autre famille, gracieuse comme une ballerine et souple comme une gymnaste. Peut-être que la vraie Polly était Polly-l'athlète ou Polly-la-sprinteuse.

— Reviens sur terre, Polly, fit sa mère. C'est le temps de sortir George pour sa promenade. Isabelle a une course à faire au centre d'achats.

Polly avait touvé un « emploi d'hiver » : sortir chaque soir le chien de la voisine, un fox-terrier au pelage à peu près aussi doux que de la laine d'acier. Isabelle Ashton avait une peur bleue de la glace et craignait d'être emportée un jour par son ouragan de chien. Mais Polly l'aimait bien. Elle et Isabelle avaient un point en commun : la peinture.

Repoussant son assiette, complètement froide à présent, Polly se pencha sur la table et, s'emparant de son stylo à bille, dessina un lapin sur sa main.

— La Terre appelle Polly, la Terre appelle Polly, fit Jan en agitant un torchon humide sous son nez. Le chien, Polly, vite !

Polly cacha sa main pour ne pas que sa mère voie le dessin. Cela la mettait hors d'elle : elle avait toujours peur que Polly s'empoisonne le sang à force de se tatouer toutes sortes de trucs sur la peau. Mais Polly adorait les tatouages. Peut-être qu'elle pourrait travailler dans un cirque. Quelle magnifique carrière ce serait ! Polly McDougall-la-toute-tatouée.

Polly fourra un crayon et un stylo dans sa poche, passa la chaîne qui retenait ses clés autour de son cou, et sortit. Souple et silencieuse comme un chat, l'invisible, mais invincible Polly longea le corridor, prête à sauter sur le premier envahisseur venu. Le véritable assaillant surgit de l'appartement 202 : une très forte odeur de poulet au curry envahit ses narines au moment où elle passait devant la porte. À l'étage du dessus, à l'appartement 303, Kyle Clay faisait ses gammes au piano. Le temps d'arriver chez Isabelle, au 204, les gammes avaient pris fin, remplacées par un morceau superbe, celui que Kyle devait interpréter au concert de l'école.

Polly resta quelques instants immobile devant la porte d'Isabelle et posa doucement la main sur la poignée.

George se mit aussitôt à grogner et à japper de l'autre côté, ses griffes éraflant la porte. « Quel chien, Seigneur ! songea Polly. Et quelle ouïe ! Il entendrait tomber un mouchoir, ma parole ! » Isabelle disait toujours que George donnerait du fil à retordre aux voleurs, vandales et autres voyous qui commettraient l'imprudence de se pointer chez elle. Ils se feraient mettre en pièces en un instant. Polly frissonna. La vision de cagoulards vêtus de noir passa devant ses yeux comme un éclair. La veille, elle avait regardé deux films policiers à la télévision. Détective ? Pourquoi pas, au fait ? Qu'est-ce qui l'empêchait de devenir aussi célèbre que l'héroïne de la télévision ?

— C'est toi, Polly ?

La voix d'Isabelle lui parvint de l'atelier au moment où elle ouvrait la porte. George lui sauta dessus et se mit à lui lécher les doigts, le menton et, par la même occasion, les restes de ragoût séché. « Quel nigaud! songea Polly. Quel gentil nigaud!» Elle sourit et caressa le chien sous le menton. Il grogna de plaisir et Polly éprouva un instant de pur bonheur en rejoignant Isabelle dans son atelier.

— Ah! ravie de te voir, Polly. Je fais un saut au centre d'achats. Un cadeau à acheter. Pour mes nièces.

Les phrases d'Isabelle tombaient l'une après l'autre, plus courtes que la laisse de George et plus drues que son pelage d'hiver.

Isabelle se tenait debout devant son chevalet. Elle était vêtue d'une ample jupe écossaise en laine et d'un épais chandail jaune recouvert d'une vieille chemise. Derrière ses lunettes à double foyer aux verres teintés de rose, ses yeux pétillaient de malice. Elle avait une tache de peinture jaune sur le front, presque à la lisière des cheveux, qu'elle avait blancs et ondulés. Il flottait dans la pièce une odeur de térébenthine, de peinture à l'huile et de café.

Polly s'approcha du chevalet. La toile représentait un grand champ dans lequel des épis achevaient de mûrir sous un ciel d'un bleu ardent sans le moindre nuage. Des rosiers sauvages grimpaient sur l'un des murs d'une très vieille ferme. C'était le tableau d'une artiste achevée : le coup de pinceau était audacieux, les couleurs éclatantes.

— C'est beau, murmura Polly. Et tellement lumineux.

— Ça réchauffe mes hivers, dit Isabelle.

— J'aime ça.

Polly aurait voulu s'approcher encore plus et effleurer les épis du bout des doigts... mais elle n'osa pas.

— J'arriverai jamais à peindre comme ça...

— Bien sûr que tu y arriveras.

George jappa et posa l'une de ses grosses pattes sur le bras de Polly.

— Une minute, grand nigaud, dit Polly en obligeant George à descendre.

Isabelle disait toujours qu'être artiste était une question de volonté et de courage... Et d'entraînement aussi. Il faudrait peindre sans relâche. Encore et toujours. Quelque part, dans un coin de son cerveau, une image se forma : celle de Polly artiste, de Polly bourrée de talent, vêtue d'une chemise cent fois trop grande pour elle — une chemise de son père, évidemment — et occupée à peindre dans un atelier inondé de lumière.

La question d'Isabelle vint interrompre sa rêverie :

— Et ta toile à toi, ça avance? Tu as besoin d'un peu plus de temps?

Elle et Polly se dirigèrent vers la table placée près de la fenêtre. Polly sortit du carton à dessin l'aquarelle à laquelle elle travaillait avec l'aide d'Isabelle. On y voyait une cabane en bois rond près d'un lac, celle-là même qu'ils avaient découverte l'été dernier au bord du lac Pigeon, celle que Shawn avait photographiée et sur laquelle ses parents s'étaient pâmés l'un après l'autre, à coups de «Ohhh!» et de «Ahhh!» en revenant d'Edmonton. Cette cabane, c'était leur cadeau de Noël. À défaut de la leur offrir, elle pouvait au moins la dessiner pour eux. Elle était presque terminée. Polly la replaça dans le carton en soupirant.

— Ils ne viendront pas au concert, jeudi. À cause de Shawn.

— Est-ce qu'une vieille institutrice retraitée comme moi pourrait s'y rendre à leur place? demanda Isabelle en entourant de son bras les frêles épaules de Polly.

La chaleur du baiser qui suivit traversa Polly comme une onde électrique.

— J'adore les concerts d'élèves. C'est la première fois en quarante ans que je devrais en sauter un. La retraite, ce n'est pas très drôle. Les enfants me manquent, si tu savais. Et puis, je veux la voir, moi, ta fameuse toile de fond.

— Isabelle, demanda Polly très sérieusement, avez-vous toujours voulu être une
artiste?

George grogna sourdement et s'allongea, le
museau par terre, résigné. Adieu, la promenade..

LE COFFRET AUX SOUVENIRS

Pour toute réponse, Isabelle se dirigea vers une armoire blanche et en rapporta un vieux porte-documents en cuir et un coffret en cèdre taché de peinture. Les initiales I. A. étaient gravées dessus. Isabelle retira du porte-documents une pile de dessins passablement sales.

— Mes parents étaient des fermiers, des gens pratiques et durs à l'ouvrage. L'art, ça ne les intéressait pas beaucoup.

Elle alignait les dessins sur la table.

— Ma mère a quand même sauvé ceux-là du naufrage, poursuivit-elle. Meilleure artiste du Club des 4H quatre ans d'affilée. Tiens ! Voilà mes galons !

Polly se pencha sur les dessins et les rubans de couleurs vives imprimés de lettres d'or. Les dessins représentaient différentes scènes : paysages champêtres, maisons, arbres en fleurs, natures mortes.

— Ils sont super, s'exclama Polly, un sourire radieux sur les lèvres. Mais qu'est-ce qu'il y a dans le coffret? Des tubes de peinture? Des fusains? Des craies?

Elle saisit le coffret à deux mains. Il était lourd et couvert de poussière:

— Je peux voir?

Le silence tomba brusquement. Polly leva la tête et chercha le regard d'Isabelle. Mais le regard noisette était ailleurs et le sourire avait disparu. Polly sentit un courant froid traverser la pièce et reposa subitement le coffret sur la table. Bon... Encore une gaffe!

— Un instant, Polly, fit Isabelle, sa large main posée sur le bras de Polly. Ça va, tu peux ouvrir le coffret à présent.

Polly hésita. Le coffret, c'était le secret d'Isabelle, un morceau de sa vie privée, sans doute.

— C'est le dernier cadeau que mon fiancé m'a offert. Il s'appelait Harry. Il me l'avait envoyé juste avant de quitter le port d'Halifax, en 1943. Ils se sont fait attaquer. Son bateau a été bombardé. Il n'y a eu aucun survivant.

Isabelle poussa un profond soupir:

— Maudite guerre, murmura-t-elle.

Sa voix, d'habitude si vive et pleine d'entrain, était basse et à peine audible. On aurait dit une autre personne. Fichu coffret ! Polly aurait voulu ne l'avoir jamais vu.

— Je vais sortir le chien, d'accord ? fit Polly en s'emparant de la laisse et en se dirigeant vers la porte.

Isabelle l'arrêta d'un geste de la main. Elle tira le coffret vers elle et dégrafa les fermoirs de laiton avec précaution. « Comme une grand-mère tenant un nouveau-né dans ses bras », songea Polly. La couleur était revenue sur ses joues et Polly dut se retenir à deux mains pour ne pas faire un croquis, là, tout de suite, un croquis d'Isabelle penchée sur le coffret, de son visage incliné dont les traits se détendaient à nouveau, de ses yeux qui reprenaient vie. Polly sentit l'énergie lui revenir d'un seul coup et la chaleur envahir la pièce. Elle et Isabelle étaient amies depuis ce fameux jour où Isabelle avait emménagé près de chez elle. C'était l'été dernier et, depuis, Polly adorait lui rendre visite, pénétrer dans son appartement si calme. Pourquoi ? À cause du chien, peut-être, ou de la peinture, ou tout simplement parce qu'elle venait enfin de trouver un adulte qui avait du temps, suffisamment de temps pour causer avec une enfant qui passait au moins les trois quarts de sa vie à se trouver stupide.

Quand Isabelle souleva le couvercle du coffret, Polly sentit son cœur battre plus fort et sa bouche devenir toute sèche. Un mélange de peur et d'excitation s'empara d'elle. Quelle imagination, Polly McDougall! Quel danger un coffret comme celui-là peut-il bien renfermer? Même bourré de trésors? C'est la tristesse d'Isabelle qui te fait autant d'effet ou quoi?

Isabelle retira le morceau de satin qui recouvrait le contenu du coffret et son visage s'illumina d'un sourire.

— Je n'ai jamais eu le courage de l'ouvrir, dit-elle en soupirant. Trop de souvenirs. Mais ça va à présent, c'est très bien comme ça. Elles sont belles, tu ne trouves pas? On n'a pas idée de garder cachées d'aussi belles pierres.

Quatre rangées de pierres précieuses de toutes les couleurs reposaient dans leur écrin de satin pâle. Sous le couvercle était attaché un petit sac fermé par un cordon de velours. Le chatoiement des pierres et l'éclat du velours bleu éblouirent tout bonnement Polly qui ressentit, l'espace d'une seconde, l'émerveillement de l'explorateur qui vient de mettre au jour un trésor fabuleux. Quelle splendeur! Polly en avait presque mal aux yeux.

Isabelle sortit du sac deux petites chaînes, l'une en or, l'autre en argent, toutes deux ternies. Elle prit un chiffon doux et un poli à métaux, et tendit à Polly la chaîne en argent.

— Harry les a dénichées chez un prêteur

sur gages, à Halifax, dit pensivement Isabelle en frottant la chaîne en or. Il disait toujours que j'étais son arc-en-ciel, sa pierre précieuse...

La chaîne recouvra peu à peu son éclat. Isabelle la considéra un moment avant de tourner la tête vers la fenêtre sombre.

— Je n'ai plus été capable de les regarder, dit-elle, pas après le télégramme qui m'annonçait qu'il était porté disparu. Qu'il était mort, en fait. La vie a repris son cours. Sans lui, cette fois. La guerre a tout bouleversé. Mais moi, je me souviens.

Polly déposa la chaîne en argent sur le morceau de satin. « On ne connaît pas vraiment les gens », songea-t-elle. Les gens sont comme des icebergs, ne laissant voir qu'une infime partie d'eux-mêmes. Ainsi, le *Titanic* n'avait pas aperçu à temps la portion de l'iceberg qui émergeait de l'eau et avait coulé. Un iceberg géant, comme celui qu'Isabelle abritait en elle. Un immense bloc de glace et de chagrin dans lequel Polly-l'insouciante avait foncé tête baissée. « Quelle journée, sapristi ! »

— Cette fois, c'est vrai, dit-elle doucement. Je vais promener le chien.

George était déjà debout.

— Le grenat pour la fidélité, murmurait Isabelle comme si elle n'avait rien entendu.

L'améthyste pour la sincérité, la cornaline pour le réconfort, la sanguine pour le courage...

Isabelle prenait les pierres l'une après l'autre et les caressait du bout des doigts avant de les reposer dans leur écrin, leur minuscule œillet d'or ou d'argent placé sur le dessus.

— Celle que je préfère, c'est la cornaline, dit Polly, hypnotisée par le scintillement des couleurs.

— Tu veux en mettre une sur toi ? murmura Isabelle.

— Je pourrais jamais, répondit Polly tout en désignant une pierre du doigt, une pierre verdâtre veinée de rouge représentant un animal. C'est quoi, ça ?

Isabelle la prit et l'examina.

— Un héliotrope, à moins que je ne me trompe, dit-elle. Ma grand-mère disait toujours que l'héliotrope a le pouvoir de rendre invisible celui qui le porte.

Invisible ? *Wow !* Imaginez un peu : une pierre qui vous permet de rester caché quand la vie est trop moche, quand vous perdez vos affaires ou quand vous vous sentez ridicule.

Isabelle fit glisser la chaîne en argent dans l'œillet de l'héliotrope.

— Voilà en plein ce qu'il te faut, ma belle, dit-elle en attachant la chaîne autour du cou de Polly. À présent, libre à toi de devenir l'invisible Polly McDougall.

Polly prit la pierre et la souleva.

— En plus, c'est un lapin! s'exclama-t-elle. Mon animal favori. Juste avant le souper, j'ai vu le lapin. Le lapin géant. Assis près de l'arbre à côté de chez nous.

La pierre était douce et tiède entre ses doigts. Isabelle referma le coffret, sans toutefois le ranger dans l'armoire. Impatient, George se remit à japper. Polly s'empara de la laisse et se dirigea vers la porte.

— N'oublie pas de verrouiller la porte quand tu ramèneras George, d'accord? Ça se peut que je m'attarde un peu au centre d'achats. J'aime bien faire une pause café-brioche quand je fais mes emplettes.

Polly passa la main sous sa veste, puis sous son chandail. De nouveau, elle sentit le contact de la pierre dans sa main, le contact de la pierre sur sa maigre poitrine. La pierre cliquetait contre les clés suspendues à la chaîne qu'elle gardait autour du cou. C'était agaçant. Polly retira cette dernière et la fourra dans sa poche. Pas question d'égratigner l'héliotrope.

Elle dévala les dernières marches de l'escalier en courant et faillit entrer en collision avec Arturo, le nouveau venu de l'appartement 403. Arturo était camelot et portait son immense sac plein de journaux en bandoulière. Il était petit, très brun de peau et de cheveux, nerveux, avec une lueur dans le regard qui mettait Polly mal à l'aise. George se mit à lécher la main d'Arturo, qui sortit un biscuit de sa poche et le lui tendit. Il adressa un vague signe de tête à Polly et s'éloigna. « Un autre iceberg, songea Polly. Et de taille, sûrement. »

Elle se mordit les lèvres. Pas plus tard qu'hier, son père leur avait demandé, à elle, à Kyle et à Robin, de devenir amis avec Arturo DeCosta et Rosalie, sa petite sœur. C'était des réfugiés, ils venaient d'un pays où leur sécurité était menacée et c'était à elle de faire les premiers pas. Elle, elle voulait bien, mais Arturo passait son temps dans la cour de l'école à jouer au soccer avec les autres garçons. Les occasions de le rencontrer autour de la maison étaient plutôt rares. Kyle aurait pu lui parler, lui, mais Kyle ne parlait à personne, ou presque. Alors, comment faire? On ne peut tout de même pas se présenter devant quelqu'un et dire : « Salut! On est voisins, est-ce qu'on pourrait devenir amis? » Spécialement quand ce quelqu'un-là fait tout pour garder ses distances, comme s'il avait peur. Polly soupira en espérant que le hasard arrange les choses.

L'air frais de la nuit formait une légère buée autour de sa bouche. George entraîna

Polly au pas de course dans la ruelle, en direction du petit parc qui séparait l'école élémentaire de l'école secondaire. Il ralentit bientôt son allure et poursuivit sa route, digne et fier comme un pur-sang, avec son pelage gris et noir coupé ras, ses longues oreilles brunes et sa queue très courte. En arrivant au parc, Polly détacha le chien et le laissa courir librement. Il renifla chaque arbre, chaque brin de gazon, à la recherche de l'endroit idéal pour faire ses besoins.

— Sans les maudites allergies de Shawn, murmura Polly en jetant les excréments à la poubelle, j'aurais un chien, un chien comme toi, George.

En guise de réponse, le chien effleura de son mufle les genoux de Polly. Un vent froid balayait le parc, charriant différentes odeurs : odeurs d'essence provenant de la 9e Rue, odeurs de cuisine provenant des maisons situées le long de la ruelle. On était à moins d'une semaine de Noël et il n'y avait toujours pas de neige.

Sur le chemin du retour, au moment où Polly et le chien longeaient l'arrière des maisons avoisinant l'immeuble, George se mit à tirer sur sa laisse, comme un chien esquimau tirant son traîneau. Rex, le berger allemand de Rudy, était toujours là, attaché devant la porte.

Quand ils passèrent devant lui, il bondit sur ses pattes et se mit à gronder. Sur un écriteau, on avait écrit : « Attention ! Chien méchant » et, juste en dessous, en rouge : « Propriété privée ». La maison était plongée dans le noir. Aucune décoration ou lumière de Noël n'était visible. Aux fenêtres étaient accrochés des stores et de vieilles couvertures. Polly frissonna. L'endroit était sinistre. Pas question d'arrêter là, non, jamais. D'ailleurs, elle ne l'avait jamais fait. Même pas pour l'Halloween.

Ils passèrent devant la clôture qui ceinturait la maison où habitaient deux *punks*. À travers les lattes à moitié pourries, un épagneul les considéra un instant d'un air morose. Devant le garage décrépit étaient stationnées une moto et une camionnette. De la maison leur parvenait une espèce de beuglement tonitruant : du *heavy metal*. Polly et Kyle étaient là quand les *punks* avaient emménagé l'automne dernier. Ils s'y étaient mis à plusieurs pour transporter leurs affaires à l'intérieur. La fille que Polly avait surnommée « l'Épi », à cause de ses cheveux dressés en pointes, n'avait pas l'air beaucoup plus vieille que les jeunes du secondaire qui traînaient près du centre d'achats.

En apercevant le chat noir des Kim juché sur la clôture, George fit un bond en avant. Le chat s'empressa de déguerpir, poursuivi par un

George complètement déchaîné et une Polly hurlante qui le talonnait de près. Des gens tranquilles, les Kim. C'est du moins l'impression que Polly en avait. Distribuant à tous les enfants qui se pointaient chez eux à l'Halloween de succulentes pommes trempées dans le sirop. Remplissant leur jardin de centaines de géraniums et de soucis qui fleurissaient jusqu'en automne. Le frêne qui poussait devant la grande fenêtre d'en avant était chargé à longueur d'année de petites baies d'un rouge très vif. Les oiseaux s'y sentaient chez eux et roucoulaient en paix sous l'œil nostalgique du chat.

Un jet de lumière éblouit soudain Polly. Kyle-la-carpe était juché sur l'une des branches du saule et s'amusait à aveugler Polly avec sa lampe de poche. George urina au pied de l'arbre et s'assit sur son arrière-train en attendant la suite des événements.

— Qu'est-ce que tu fabriques ?

Polly passa la laisse autour d'un des poteaux du stationnement et grimpa à l'échelle de corde qui menait au fort. Elle murmura le mot de passe et tira le rideau de jute.

Kyle était assis sur une vieille caisse en bois, emmitouflé dans ses vêtements d'hiver comme un explorateur sur le point de partir pour le Grand Nord : encapuchonné, boutonné jusqu'au menton et les mains cachées dans de grosses mitaines doublées. Décidément, ses parents craignaient le rhume comme la peste et persistaient à emmitoufler Kyle comme un nouveau-né ! Polly et lui étaient copains depuis la garderie. Une fois, quand elle était toute petite, Polly avait entendu ses parents parler des Clay. Ils disaient qu'ils formaient un drôle de couple, qu'ils avaient eu un enfant à un âge avancé et que cet enfant avait appris à parler tellement tard qu'on avait été obligé de lui faire passer un test à l'école, parce qu'on croyait qu'il avait des difficultés d'apprentissage. L'examen prouva le contraire : Kyle surpassa tous les autres enfants. Il n'aimait pas parler, voilà tout. Muet comme une carpe. Mais Polly gardait toujours un œil sur lui. Un jour, elle avait même battu un grand de deuxième année qui taquinait Kyle à cause de son mutisme. Elle se rappelait les gouttes de sang sur son t-shirt, le sang très rouge qui avait viré au brun et qu'on n'avait jamais réussi à faire disparaître malgré les lavages répétés.

Kyle prit son nouveau livre *Donjons et Dragons* et son sac rempli de dés et de figurines. Chaque fois qu'il en achetait une, il se dépêchait de la montrer à Polly. Sans jamais dire un mot. Il se pencha sur son coffret de métal, le déverrouilla et fourra le tout à l'intérieur.

— Laisse-moi deviner, fit Polly en s'assoyant à son tour. Tes parents ont décrété que tes histoires de donjons et de dragons étaient mauvaises pour la santé.

Kyle fit oui de la tête.

L'un de ses dés roula par terre et disparut dans une fente. Polly s'accroupit et regarda à travers les planches.

— Fais-moi un peu de lumière, O.K. ? dit-elle en se penchant.

La chaîne et l'héliotrope glissèrent en dehors de sa veste et oscillèrent doucement sous le faisceau lumineux de la lampe de poche. Polly récupéra le dé et le remit à Kyle. Elle entendit un drôle de bruit, comme un cliquetis ; elle regarda partout sans rien trouver.

Kyle avait les yeux rivés sur la pierre. Il remit le dé dans le coffret, décapuchonna son crayon feutre et inscrivit sur le couvercle : « Défense d'ouvrir ».

— C'est un héliotrope, dit Polly. C'est censé rendre invisible celui qui le porte. C'est Isabelle qui me l'a donné. C'est un lapin porte-bonheur, ajouta-t-elle. Tu sais, le gros lapin qui habite dans le parc, eh bien, je l'ai vu. Il était assis au pied de l'arbre, ici même, dans le stationnement.

George émit un bref gémissement. Kyle

fouilla dans sa poche — on entendit un crisse-
ment de cellophane — et en extirpa une pleine
poignée de graines de tournesol qu'il lança au
chien. Il en tendit quelques-unes à Polly.

— Je comprendrai jamais pourquoi tu
restes muet chaque fois que tes parents t'em-
pêchent de faire quelque chose, s'écria soudain
Polly en bourrant Kyle de coups de poing.
C'est pas pour rien qu'on t'appelle « la Carpe » !
Tu es pas obligé de faire la même chose avec
moi, sapristi ! On est amis, oui ou non ? Tu
pourrais au moins me parler à moi, non ? Moi,
j'ai besoin de te parler. Je pensais par exemple
qu'on pourrait peut-être rebaptiser notre fort.
Shawn connaît le nom, à présent. Hier soir, en
partant pour son entraînement, il a entendu
Robin crier « Repaire ». Comme si on était à
dix mille kilomètres de distance.

Kyle resta muet.

— Et puis « Repaire », c'est pas fameux
comme nom. On devrait trouver un nom plus
original, plus... exotique.

Polly rougit légèrement. Exotique. Elle
aimait le mot, sa sonorité.

— Quel nom, alors ? demanda Kyle, la voix
enrouée.

— Un nom qui pourrait avoir un lien avec
l'héliotrope, ou avec le lapin invisible, je sais
pas, moi.

Ils restèrent quelques instants silencieux. Kyle martelait du pied l'une des branches de l'arbre.

— As-tu essayé de leur expliquer, au moins? demanda Polly à brûle-pourpoint.

Kyle secoua la tête en poussant un profond soupir:

— Mon père m'a fait un exposé d'au moins trente minutes sur les méfaits à long terme des jeux où on se bat, sur les dangers de la violence, de l'agressivité... Ensuite, il m'a expliqué en long et en large que les représentations qu'on fait des animaux préhistoriques et des mythes médiévaux sont bourrées d'erreurs. J'ai même pas essayé de lui expliquer, ça valait pas la peine.

— Au moins, il te reste le fort, dit Polly pour l'encourager. Qu'est-ce que tu penserais d'un nom comme la « Maison du lapin invisible »?

— Il est pas invisible puisqu'on est deux à l'avoir vu.

— Oui, mais il se camoufle.

— Il est insaisissable, pas invisible, c'est pas pareil. Comme un fantôme. Tiens, on pourrait prendre ça comme nom: la « Maison du lapin fantôme ». Pour être membre, il faudrait l'avoir vu au moins une fois.

— C'est peut-être une lapine, fit Polly, songeuse, en frottant l'héliotrope entre son pouce et son index. C'est peut-être une fille, tout comme moi, Polly McDougall. « Fantôme », ouais, j'aime ça.

George se mit à japper.

— Il faut que je le ramène chez lui, dit Polly en se levant.

Elle salua Kyle de la main et agrippa l'échelle, emportant avec elle l'image de Kyle assis très droit, les yeux clairs, le teint pâle, une mèche de cheveux couleur de blé mûr s'échappant de son capuchon.

— Tu as l'air d'un rescapé du pôle Nord, idiot ! Reste pas là ou tu vas geler pour de bon.

Une image complètement folle lui vint à l'esprit : Kyle et elle dans la peau de deux explorateurs célèbres de l'Antarctique. Pas plus tard que le mois dernier, elle avait fait un travail sur le sujet. Elle se mit à rire doucement : Kyle et elle étaient loin d'être aussi braves que ces explorateurs. À force de penser aux icebergs et aux explorateurs, le cerveau finissait par s'engourdir.

Le bruit d'un moteur leur parvint, tout près. Un instant plus tard, leur voisin immédiat, un type bas sur pattes, qui ressemblait comme un frère à Danny DeVito, rangea sa grosse Lincoln blanche dans le garage. Son

colocataire, un géant sympathique, propriétaire d'une petite MG rouge, apparut sur le
seuil de la maison.

— Qu'est-ce qu'ils fabriquent, les
Jumeaux? demanda Kyle en dirigeant sa lampe
de poche vers le bas.

— On dirait que le petit apporte des fleurs
au grand, répondit Polly. Un poinsettia, il me
semble.

— Ou de la drogue. Un plant de marijuana, par exemple. Et, si c'est le cas, on a
deux escrocs sur les bras, ajouta Kyle en émettant un rire qui ressemblait à un grognement
assez sinistre, en fait. Ils passent leur temps à
entrer et à sortir des plantes, ces deux-là.

Polly détacha George et se dirigea vers l'entrée de l'immeuble au moment où monsieur
Beamish, le barbu de l'appartement 101, en
sortait. Il tint la porte ouverte pour Polly et
s'inclina galamment devant elle. Ils échangèrent un sourire.

Une fois chez Isabelle, Polly vida le bol de
George, le rinça soigneusement et laissa couler
l'eau du robinet jusqu'à ce qu'elle en sorte
glacée, sa main griffonnant sans arrêt sur le
bloc-notes qui traînait près du téléphone. Toujours le même dessin, un lapin géant, vêtu
cette fois d'une veste à carreaux et d'un nœud
papillon. Elle prit même le temps de dessiner

les ombres dans les creux et d'orner le ciel de nuages. Elle songea à faire un dessin d'elle et de Kyle en aventuriers du Grand Nord, mais y renonça aussi vite. Elle emplit d'eau fraîche le bol de George et le déposa par terre. Elle plaça son dessin bien à la vue, appuyé contre le sucrier, pour qu'Isabelle le voie en rentrant. Elle quitta l'appartement sur la pointe des pieds, profitant de ce que George était occupé à étancher sa soif. Elle ouvrit la porte en silence et la referma derrière elle. À l'intérieur, le téléphone sonna. « Tant pis, se dit-elle. Trop tard. La porte est fermée à présent. »

« Peut-être qu'Isabelle voulait que je ferme à double tour », songea Polly. Elle chercha ses clés autour de son cou. Sa main trouva l'héliotrope, mais pas les clés. Elle fouilla dans la poche de sa veste, dans celles de son jean. Rien. Les clés avaient disparu. « Impossible », se dit Polly. Elle se rappelait très bien les avoir mises dans sa poche.

Où étaient-elles, alors ? Et elle, où était-elle allée ? Polly refit mentalement le trajet parcouru lorsque, ayant mis les clés dans sa poche chez Isabelle, elle était allée au parc avec George : la ruelle — le parc — la ruelle — le parc — le fort — l'appartement d'Isabelle. Avait-elle oublié les clés sur le comptoir à côté de son croquis ? Un début de panique s'empara de Polly. Elle rentra chez elle, la mort dans l'âme.

La porte était entrouverte. Sa mère devait faire la lessive au sous-sol. Polly entra et se jeta sur le vieux divan brun. Le téléviseur était allumé, mais Polly n'y prêta aucune attention.

Pas question d'avouer à ses parents qu'elle avait perdu ses clés. Non, pas aujourd'hui. Pas après avoir égaré sa veste. Non. Pas question.

UN VOLEUR DANS LA MAISON

Bruits de pas dans le hall. Éclats de voix. Polly se précipita à la porte et passa la tête à l'extérieur.

— Par ici, inspecteur, cria une voix.

— Qu'est-ce qui se passe ? demanda Polly.

Elle n'obtint pas de réponse.

Dans le corridor, Shawn et son père conversaient avec deux agents de police. Sa mère était avec Isabelle, à la porte de son appartement. Les visages étaient rouges et congestionnés. Jan avait passé son bras autour des épaules d'Isabelle. À travers les hautes fenêtres du hall, on apercevait la voiture de police dont le gyrophare tournait.

— Qu'est-ce qu'ils ont volé exactement ? demanda le père de Polly en gesticulant nerveusement, comme un entraîneur de soccer aux prises avec une équipe indisciplinée.

— Qu'est-ce qui se passe ? répéta Polly, plus fort cette fois.

Toujours aucune réponse.

— Isabelle a été cambriolée, finit par dire Shawn. Ah ! joyeux Noël, les campeurs !

Les Razi se tenaient sur le pas de leur porte : la mère, le père et, accrochés à leurs basques, trois marmots en pyjama, les yeux brillants d'excitation.

— On pourrait peut-être s'asseoir, suggéra l'un des policiers. Deux détectives sont déjà en route.

Jan ouvrit la marche en direction de l'appartement et demanda à Polly de faire chauffer l'eau pour le café. Polly sentit une boule se former dans sa gorge et grossir à vue d'œil... Elle saisit l'héliotrope et le serra fort.

Du salon lui parvenaient des bribes de phrases sans queue ni tête : « Pierres précieuses... radio-réveil... petits cadeaux de Noël ».

« Oh non ! songea Polly, pas le coffret de pierres précieuses ! » Et Isabelle qui venait tout juste de le sortir, qui venait tout juste de lui montrer les pierres. Le visage de Polly s'empourpra. « C'est ta faute aussi, idiote ! C'est toi qui lui as fait ouvrir ce fichu coffret et c'est encore de ta faute si la porte d'entrée n'était pas fermée à double tour. »

Shawn fit irruption dans la cuisine et déposa des boissons gazeuses sur un plateau. On sonna à la porte et Polly sursauta violemment.

— Les nerfs, sapristi! se moqua son frère. Pourquoi tu t'énerves comme ça? Tu as rien à voir là-dedans. Y a rien à faire, tu as pas le profil d'une criminelle.

— Que tu dis!

— Ça aurait pu arriver à n'importe qui. Commence pas à te faire du souci avec ça, c'est pas de ta faute.

Shawn leva les mains en signe de désespoir.

— Aussi bien parler à un mur, marmonna-t-il.

Polly disposa le café, les tasses, le sucre et le lait sur un plateau et suivit Shawn au salon.

Isabelle était assise sur le divan entre son père et sa mère. Elle était livide.

— Voilà Polly, dit-elle. Elle pourrait sans doute vous fournir plus de détails sur toute cette histoire.

Isabelle parlait d'une voix terne et monocorde. Polly parcourut la pièce des yeux. Les deux policiers en uniforme sirotaient leur café. Les deux détectives étaient assis dans la salle à manger: dos droit, chaussures bien astiquées, pantalon bleu au pli impeccable.

— Je m'appelle Sharon Mills, Polly.

C'est la petite blonde qui avait parlé, la petite détective blonde. Ses lèvres étaient à peine maquillées; à ses oreilles, deux petites boucles bleues en forme de billes oscillaient doucement.

— Et voici le détective Anderson, poursuivit-elle en désignant son confrère, un homme de haute taille solidement charpenté qui tenait un calepin ouvert en équilibre sur son genou. Il sourit à Polly en découvrant deux rangées de dents régulières et très blanches.

— Pourrais-tu nous résumer ce qui s'est passé à partir du moment où Isabelle et toi avez quitté l'appartement?

Polly jeta autour d'elle un regard nerveux. Ses parents étaient assis sur le divan, les mains sagement croisées sur les genoux, les yeux fixés sur elle, le sourire engageant. Shawn était adossé au mur, l'air innocent et parfaitement décontracté.

— Vas-y, Polly, lui dit son père.

Il ne supportait pas les vides dans une conversation et s'empressait toujours de les combler. Polly, elle, préférait réfléchir avant de prendre la parole. En cet instant, par exemple. Une foule de détails lui manquaient : la version d'Isabelle, entre autres, et la façon dont les voleurs s'étaient introduits chez elle. Avaient-ils forcé la serrure ? S'étaient-ils servis des clés ou avaient-ils défoncé la porte-patio ? Polly sentait son cœur cogner dans sa poitrine. « Comme un oiseau pris au piège », pensa-t-elle. Les voleurs s'étaient peut-être servis de ses clés à elle. Ils avaient peut-être réussi à s'introduire chez Isabelle parce qu'elle, Polly McDougall, n'avait pas verrouillé la porte à double tour.

Tout le monde attendait. Sa mère finit par intervenir en fronçant les sourcils :

— Dis-leur simplement la vérité, Polly. Personne ne te fait de reproches, rassure-toi. Un peu de courage, allons !

Les jappements de George leur parvinrent du hall. « Le pauvre, se dit Polly. Il est probablement inquiet et tout seul. » Comme elle le comprenait, sapristi ! Elle se mordit les lèvres.

— J'ai emmené George pour lui faire faire sa promenade, commença-t-elle.

— Il pouvait être quelle heure, à ton avis ? demanda l'inspecteur Mills.

— Aucune idée.

— Le temps, ce n'est pas le fort de notre Polly, intervint Jan. C'est une rêveuse, voyez-vous. Elle a quitté l'appartement aux alentours de dix-neuf heures.

— Isabelle et moi, on a causé un bon bout de temps, dit Polly précipitamment.

Elle chercha les yeux d'Isabelle. Pas question de révéler quoi que ce soit de leur conversation, du tableau destiné à ses parents, de Harry, de sa mort, de la guerre et du coffret aux souvenirs. C'étaient leurs secrets à elles.

— Je suis allée au centre d'achats, dit Isabelle. Polly et moi avons quitté l'appartement ensemble.

— La porte était-elle verrouillée? demanda calmement l'inspecteur Mills.

Isabelle et Polly secouèrent la tête en même temps.

— On se connaît tous ici et on est tous amis, intervint le père de Polly. Alors, chacun veille sur l'appartement de l'autre.

L'inspecteur Anderson s'éclaircit la voix:

— La serrure n'a pas été forcée, monsieur. Le vol aurait pu être commis par quelqu'un de l'immeuble.

Polly se rongeait les ongles.

— Pas très brillant, grogna Anderson. Vols par effraction, vols de voitures, c'est la saison, je suppose. Mais certains indices nous portent à croire qu'il s'agit d'une bande.

— Ou as-tu emmené le chien? demanda l'inspecteur Mills. Et pendant combien de temps t'es-tu absentée?

Ses yeux étaient aussi bleus que ses boucles d'oreilles, ses sourcils haut levés formaient deux minuscules arcades. Elle souriait.

— Je l'ai emmené au parc et je suis revenue, répondit Polly.

Devait-elle leur dire qu'elle s'était arrêtée au fort?

— Tu as remarqué quelque chose de bizarre? demanda Shawn à son tour. Un détail suspect?

Les deux inspecteurs le dévisagèrent un moment.

— Désolé, dit-il, confus.

Polly ne put s'empêcher de sourire. Il avait l'air brillant, à présent. Cette pensée la fit se détendre un peu.

— En revenant, je me suis arrêtée deux minutes à notre fort dans l'arbre, en arrière. Ensuite, j'ai ramené le chien à l'appartement, je lui ai donné de l'eau fraîche et j'ai verrouillé la porte en sortant.

— Tu en es bien sûre? demanda Mills. Réfléchis bien, Polly.

— À double tour? demanda à son tour Anderson.

Il portait un veston de tweed bleu avec des empiècements de cuir aux coudes. La poche de poitrine s'affaissait légèrement à cause des stylos qui pesaient.

Polly le regardait droit dans les yeux.

— Quelle heure était-il quand tu es rentrée à la maison ? demanda-t-il encore.

Il secoua son stylo trois fois de suite sans succès avant de se résoudre à en prendre un autre. Il était impatient et attendait une réponse.

« La pièce est pleine de questions, trop pleine », songea Polly.

Sa mère ne la quittait pas des yeux, l'air soucieuse.

— Ça fait beaucoup de questions pour une seule soirée, inspecteur, dit-elle. Polly est encore une enfant, elle a besoin de sommeil. La journée a été assez éprouvante comme ça.

— J'ai verrouillé la porte en sortant, répliqua Polly d'un ton morne. Je sais que je l'ai fait.

Elle n'ajouta pas : « Et je ne suis plus une enfant. » Mais comme elle aurait aimé le dire à sa mère. Elle refoula ses larmes.

— Je sais que j'ai verrouillé la porte, Isabelle, répéta-t-elle.

Seigneur ! Non. Pas question de pleurer. Pas ici, pas devant tout le monde.

Les inspecteurs se levèrent pour partir. La fermeté de sa mère avait eu raison d'eux, finalement. Isabelle se leva sans dire un mot et embrassa Polly avec chaleur.

— Isabelle, est-ce que j'aurais laissé mes clés sur le comptoir, par hasard? Près du téléphone et du bloc-notes?

— Je n'ai rien vu, mais je peux regarder encore, si tu veux.

Polly se libéra de l'étreinte et retira la chaîne de son cou, la chaîne au bout de laquelle se balançait l'héliotrope.

— Tenez. Je vous le redonne. C'est tout ce qui vous reste.

— Pas question, ma belle. Je te l'ai donné, il est à toi. Continue de le porter. Quelle allure il aurait sur une grosse dame comme moi, tu penses?

George se remit à japper.

— Bon, je te laisse. Mon meilleur ami me réclame, je rentre. Bonne nuit, Polly.

Polly se dirigea vers sa chambre. Ses parents discutaient en faisant la vaisselle.

— Bonne nuit, chérie. Dors bien, surtout.

Mais qu'est-ce qu'ils s'imaginaient? Qu'elle allait s'endormir comme un bébé et dormir comme une marmotte? Après la journée qu'elle venait de passer? Il n'y aurait pas de marmotte, d'ailleurs, ni sommeil ni rien, tant et aussi longtemps que la célèbre Polly McDougall ne réussirait pas à découvrir qui avait cambriolé Isabelle, tant et aussi longtemps qu'Isabelle n'aurait pas récupéré son précieux coffret. Si Polly avait encore cru au père Noël, c'est exactement ce qu'elle lui aurait demandé.

Très cher père Noël, murmura Polly dans la pénombre et le silence de sa chambre, laisse tomber le chevalet et le papier à dessin, et redonne à Isabelle son coffret aux souvenirs, d'accord?

Chapitre 4

UN CODE, UNE CARTE ET UN FICHU CASSE-TÊTE

La première chose que fit Polly au saut du lit fut d'enfiler un t-shirt — celui sur lequel était inscrit en grosses lettres « Terre, je t'aime » — et son jean délavé. Elle donna un rapide coup de brosse à sa chevelure rousse, contempla un instant son image dans le miroir, fit la grimace, en avançant les lèvres à la façon des orangs-outans, et ricana. Puis elle prit l'héliotrope sur la table de chevet, passa la chaîne à son cou et la glissa sous le t-shirt. Polly-la-magnifique était prête à affronter une autre journée.

En bas, les parents s'égosillaient :

— Le déjeuner est prêt !

Elle les trouva tous les deux dans le vestibule, pantelants, dos au mur, en train de faire leurs exercices d'assouplissement.

— Ça craque de partout là-dedans, constata Ted qui soufflait comme un bœuf.

Shawn apparut à la porte de sa chambre, fripé et l'air hagard, une mèche de cheveux tombant sur ses yeux bruns.

— Quel est le malade qui a inventé les matins ? grogna-t-il en refermant la porte.

Après avoir engouffré jus d'orange, céréales et rôties généreusement recouvertes de gelée de raisin, Polly alla rassembler ses affaires.

— N'oublie rien surtout, se répétait-elle à voix basse, ton livre de maths, ton livre de bibliothèque, la calculatrice que Kyle t'a prêtée.

Elle fourra le tout dans son sac à dos, attrapa son lunch qui l'attendait sur le comptoir, endossa son vieux blouson de ski, celui qui avait les manches trop courtes et les poches défoncées. « Aujourd'hui est un jour nouveau, songea encore Polly en sifflotant. Tenez-vous bien, tout le monde : la supercompétente Polly McDougall va faire un malheur ! »

— Bonne journée, chérie ! lui cria son père de la cuisine.

Dans la salle de bain, la voix de Shawn beuglait des cantiques de Noël. Polly grimaça.

— As-tu tout ce qu'il te faut ? Tes clés ?

Polly fit oui de la tête, se précipita en dehors de l'appartement et dévala l'escalier en courant. Elle n'avait pas vraiment menti à son père : elle avait tout sauf les clés. Alors ?

Kyle et Robin étaient déjà sur le trottoir. Robin portait un blouson de ski rose vif, de grandes bottes blanches et un sac blanc. Son épaisse chevelure sombre et bouclée tombait en cascade dans son dos. Elle avait une figure toute ronde, les joues roses à cause du froid, d'immenses yeux noisette, des cils très longs et des sourcils bien dessinés que Polly lui enviait depuis toujours. Kyle était en train de déposer un sac dans le bac à ordures et divers contenants soigneusement nettoyés dans le bac de recyclage.

— J'ai perdu mes clés, dit Polly.

Kyle secoua la tête sans répondre, leva les yeux vers le balcon d'Isabelle, puis vers le fort.

— Ouais, je sais. Il faudrait que je refasse tout le trajet, fit Polly en sautillant sur place à cause du froid. Mais on pourrait commencer par la rue ; c'est peut-être là que j'ai perdu mes clés. Et en plus, il y a eu un vol, ajouta-t-elle.

— Un vol ? Quel vol ? demanda Robin.

Elle frotta ses mitaines l'une contre l'autre pour se réchauffer et donna le signal du départ.

— Comment ça se fait qu'il se passe toujours quelque chose d'excitant quand j'y suis pas ?

— Moi aussi, j'ai manqué ça, grogna Kyle. À cause de mon cours de musique.

Polly leur raconta toute l'histoire, avec force détails et mimiques, en désignant tantôt l'appartement d'Isabelle, tantôt le parc. Kyle l'écoutait, le nez baissé sur l'asphalte gelé, à la recherche des fameuses clés.

Arturo DeCosta et sa sœur Rosalie arrivèrent en courant derrière les trois amis.

— Avez-vous entendu parler du vol? leur cria Robin au moment où ils les dépassaient.

Arturo détourna la tête, agrippa sa sœur par la main et l'entraîna vers la cour de l'école. Égal à lui-même, Rex, le chien de Rudy, grogna sur leur passage.

— C'est quoi, son problème? fit Robin en haussant les épaules.

— *Que Pasa?* demanda Rosalie, en regardant par-dessus son épaule. Qu'est-ce qui se passe?

— Ce qui se passe? articula Kyle. Un vol, voilà ce qui se passe. L'appartement d'Isabelle Ashton a été cambriolé par des bandits.

Polly était toujours étonnée d'entendre Kyle proférer plus de deux mots de suite. Elle le fut encore plus quand elle le vit courir après la petite fille et lui ébouriffer les cheveux.

À l'école, la cloche sonna. Les trois retardataires accélérèrent le pas. Rosalie et Arturo échangèrent quelques mots rapides en espagnol en criant presque à cause du vacarme de la cour.

— On devrait inviter Arturo au fort, murmura Polly à l'oreille de Kyle en retirant son blouson. Mais je me demande s'il connaît assez le français pour se servir des codes et jouer à nos jeux. Rosalie, il faut l'oublier, elle est beaucoup trop jeune. Elle est en troisième année seulement.

Entendre parler espagnol l'avait mise mal à l'aise. C'était peut-être la même chose pour Arturo : entendre parler français à longueur de journée lui donnait peut-être le vertige. Ou l'impression d'être idiot.

— Ça doit pas être drôle tous les jours de vivre dans un pays étranger, loin de son père, répondit Kyle en émettant un long sifflement. Surtout quand on sait qu'il est en danger. Je vais m'arranger pour te procurer des doubles des clés, ajouta-t-il après un moment.

Il se détourna et se dirigea vers la classe sans rien ajouter. Polly le regarda s'éloigner en ramassant son blouson tombé par terre. Quel drôle de gars ! Polly avait parfois l'impression qu'il lisait dans ses pensées, sachant très exactement quand elle s'inquiétait pour les DeCosta, et quand elle s'inquiétait pour ses clés.

— Et alors, Polly, tu viens ou pas?

Monsieur Jones tapait du pied à la porte de la classe, son grand corps efflanqué touchant presque le haut du cadre. Polly rougit, passa devant son grand échalas de professeur et gagna sa place, au milieu des rires de la classe. « Dommage que l'héliotrope ne soit pas magique, songea-t-elle. Ça aurait été l'occasion rêvée de disparaître en douce. »

Une répétition était prévue en après-midi pour le concert du jeudi soir. Polly et son équipe devaient terminer la grande toile qui servait de décor : une immense carte du monde sur laquelle des étoiles indiquaient les lieux d'origine de chaque élève de l'école, ou de leurs parents. Polly avait les joues encore tachées de peinture dorée. Elle avait calculé qu'en tout et pour tout, il y avait quarante nationalités différentes. L'étoile de Polly surplombait l'Ontario puisque c'est là qu'elle était née — ses parents aussi, d'ailleurs, et même ses grands-parents et ses arrière-grands-parents. Sans bien savoir pourquoi, ça la rendait heureuse et la rassurait.

Ce n'est qu'en fixant les étoiles d'Arturo et de Rosalie au-dessus de leur minuscule pays d'Amérique centrale qu'elle se rendit compte combien ils étaient loin de chez eux. Il en faudrait de l'imagination et de la patience pour arriver à les rejoindre, ces deux-là, pour arriver à communiquer avec eux, leur dire qu'ils pouvaient être leurs amis s'ils le voulaient. On n'avait pas idée d'être isolés à ce point.

Robin lui faisait signe depuis un bon moment :

— Bon sang ! Tu es dans la lune, ou quoi ? Tu es là, en train de peindre tes fichues étoiles et tu me vois même pas.

Polly déposa ses pinceaux dans le pot et se leva.

— Désolée.

— On va toujours au bureau des objets perdus ?

— Les objets perdus ? demanda Polly en se nettoyant le visage.

— Ton blouson, dit Robin patiemment. Ton blouson de ski vert lime.

Polly hocha la tête, s'essuya les mains et abandonna à regret son travail. Il était presque terminé.

Un autobus les déposa au parc Winston Churchill. Les lumières de Noël brillaient de tous leurs feux, les couleurs éclataient de partout, tellement vives qu'on s'attendait presque à entendre sonner les cloches de Noël.

— Ça aurait été difficile de ne pas le remarquer, dit en riant la préposée en tendant le blouson à Polly. Il brille tellement qu'il en est presque aveuglant.

— Je vais la suivre pas à pas, dit Robin, pour être sûre qu'elle le rapporte à la maison.

Un deuxième autobus les ramena près de chez elles, devant un sac d'ordures défoncé par un chien particulièrement affamé, sans doute l'épagneul des *punks*. Brutus, qu'il s'appelait. Ses maîtres le laissaient parfois en liberté.

— Kyle doit être dans le fort, fit remarquer Robin en désignant le drapeau orange attaché à la branche la plus basse.

Elles se hissèrent jusqu'en haut : il était bien là, en train de lire un roman.

— Fantôme, souffla Robin pour ne pas qu'on l'entende.

— Bien reçu, dit aussitôt Kyle.

Il fouilla dans sa poche et en ressortit un trousseau de clés qu'il tendit à Polly.

— Tu me dois trois dollars, dit-il.

Polly les examina. Il y avait trois clés en tout : celle de la porte extérieure, celle de son appartement et celle de l'appartement d'Isabelle.

— Où les as-tu dénichées ?

Kyle ferma les yeux et serra les lèvres. Ses lunettes entreprirent une lente descente sur son nez, sur ses taches de rousseur. Kyle les remonta placidement de sa longue main pâle dans le silence le plus complet.

— Plus secret que le plus secret des espions, grommela Robin en lui bourrant le bras de coups de poing.

— Je prends la relève, dit Polly.

Elle se percha sur le garde-fou improvisé, de façon à avoir une vue d'ensemble des alentours : le stationnement et le centre d'achats à un bout de la ruelle, la cour de l'école et la grille du parc, à l'autre bout. Elle sortit son bloc à dessin — cadeau d'anniversaire d'Isabelle — et trois crayons bien aiguisés qu'elle gardait en permanence dans le fort.

Kyle et Robin discutaient d'un nouveau code à établir pour envoyer des messages.

— Y a un truc très astucieux, dit Kyle. J'ai lu quelque chose à ce sujet : on utilise le nom d'un personnage célèbre, Winston Churchill, par exemple, David Suzuki ou la princesse Diana.

— Pourquoi pas Madonna ou Cher ? se moqua Robin. Je connais aucune de tes célébrités. Ça doit pas être jeune, jeune, ce monde-là.

— Ça prend un nom assez long, fit Kyle en s'appuyant contre la balustrade chambranlante. Winston Churchill a été un chef d'État important pendant la Seconde Guerre mondiale. David Suzuki est un Canadien, surtout célèbre pour avoir sensibilisé les gens aux dangers de la pollution. Quant à la princesse Diana, ben, tu la connais sûrement.

— O.K., O.K. Je te taquine, Kyle, c'est tout, fit Robin en lui lançant une pleine poignée de raisins secs. Tiens! attrape, mon vieux!

À califourchon sur la balustrade faite d'un simple panneau de contreplaqué, Polly écoutait d'une oreille distraite, tout entière à son dessin.

— Et alors, Kyle, ça marche comment ton truc? demanda-t-elle sans s'arrêter.

C'était un croquis de l'immeuble. Pris en plongée, comme si la perspective était celle d'un oiseau en plein vol, et exécuté un peu à l'aveuglette à cause de l'obscurité; les lumières de la rue guidaient Polly, qui s'en remettait à sa mémoire pour les détails manquants.

— Disons que tu prends Winston Churchill comme nom de code, répondit Kyle. W équivaut à A, I à B, N à C, S à D et ainsi de suite.

Robin fronça les sourcils:

— Et les lettres qui se répètent? demanda-t-elle. Comme les deux I, par exemple, ou le double L ? Y a pas assez de lettres dans le nom.

— C'est justement ça, l'astuce. Tu laisses tomber toutes les lettres du nom qui apparaissent plus d'une fois. Quand tu as codé toutes les lettres que tu pouvais, tu recommences avec les autres : L devient W2, M devient I2, N devient N2.

Kyle avait consigné soigneusement tous les détails dans un calepin noir. Polly écoutait d'une oreille attentive sans lever les yeux de son dessin.

— Bon, on fait un essai : on va transmettre un message à Polly. Ça va peut-être la faire revenir parmi nous.

L'interpellée continua à dessiner et à balancer ses jambes dans le vide comme si de rien n'était.

— Hein ? Quoi ?

— Laisse tomber. Continue, continue. On sait pas ce que tu fais, mais continue, gêne-toi pas. On t'envoie un message.

Kyle et Robin s'isolèrent dans un coin. Polly retourna à son dessin en sifflotant un air de Noël.

Au-dessous d'eux, un peu plus loin, Rudy apparut. Il monta dans sa camionnette et s'engagea dans la ruelle, tirant derrière lui une remorque d'un bleu vif sur laquelle était fixée une voiture sport à l'aspect vieillot immatriculée du Montana — OWL555. Polly fit aussitôt un croquis de la scène : la camionnette, la remorque et tout le reste. Deux clochards passaient tout près. Leurs sacs remplis de cannettes de bière et de boissons gazeuses pouvaient cacher n'importe quoi. C'était peut-être eux, les voleurs. Peut-être que leurs sacs étaient remplis de cadeaux volés ou, pourquoi pas, de pierres précieuses. Mais comment auraient-ils fait pour s'introduire dans l'appartement ? « Oublie ça, Polly. Les clochards sont pauvres, pas voleurs. »

Thorn et sa blonde, les deux *punks* qui habitaient la maison la plus près du parc, revenaient du centre d'achats, des sacs d'épicerie plein les bras.

Les Kim s'engagèrent dans la ruelle à la suite de Rudy, qui freina sans crier gare en apercevant Thorn.

Sa longue tresse violette tombant dans le dos, Thorn se pencha à la fenêtre de la camionnette et s'entretint un long moment avec Rudy. L'Épi les planta là et courut à la maison avec les provisions.

Monsieur Kim klaxonna discrètement.

Arturo et Rosalie sortaient au même moment de l'immeuble, les bras chargés d'énormes sacs à ordures. Arturo leva la tête et vit la scène. Il laissa tomber son sac et rentra chez lui en courant. Sa sœur se rendit posément jusqu'à la poubelle, y déposa son sac, revint sur ses pas chercher celui de son frère, le déposa aussi dans la poubelle et rentra.

— *Wow!* murmura Polly.

— Hé! elle respire encore! s'écria Robin.

Elle s'approcha de Polly et s'appuya contre la balustrade pour contempler la scène à son aise.

— On dirait une réunion paroissiale, dit-elle.

Monsieur Kim klaxonna une deuxième fois.

Rudy remonta la vitre. Thorn se redressa et rentra lentement chez lui, ses boucles d'oreilles et son ruban tressé brillant même dans le noir. L'Épi l'attendait à la porte, les cheveux plus raides que jamais. À côté d'elle, les deux pattes de devant bien appuyées sur la clôture, Brutus faisait l'impossible pour s'identifier à un membre de la famille plutôt qu'à un épagneul. Polly griffonnait en vitesse pour ne rien perdre de la scène. La mine de son dernier crayon cassa.

— As-tu dessiné les voleurs? demanda Robin.

Quelques raisins secs tombèrent sur la

feuille de Polly, qui les ramassa et les fourra dans sa bouche. Ils étaient froids et durs comme des cailloux.

— Peut-être bien, qui sait? Et Arturo, de quoi il a peur, tu crois?

Polly montra à Kyle et à Robin le croquis qu'elle avait fait d'Arturo rentrant chez lui en courant.

— Il est allergique aux clochards, ou quoi?

— Y a de plus en plus de pauvres par ici, soupira Robin.

— Il est peut-être malade, fit remarquer Kyle.

Polly aiguisa ses crayons, sans se préoccuper des retailles qui tombaient sur le gazon gelé au-dessous d'eux. Sur le coin gauche du croquis, elle griffonna quelques mots: Arturo courant chez lui en apercevant Kim, Rudy, l'Épi et Thorn dans la ruelle.

— On devrait peut-être se mêler de nos affaires, fit Robin en tendant à Polly le message qu'elle et Kyle avaient retranscrit.

Elle frissonna et se dirigea vers l'échelle.

— Allons chez moi, proposa Polly. J'ai envie d'un bon chocolat chaud, moi.

Elle fourra le message codé et son bloc à dessin dans son blouson vert et suivit les autres à l'intérieur de l'immeuble.

— Et puis, à part ça, j'aimerais réfléchir un peu à cette fameuse histoire de vol.

— Toi, ça t'intéresse peut-être, les mystères, dit Robin, mais pas moi. Je pars jeudi soir pour Hawaii.

— On peut toujours essayer d'échafauder des hypothèses, suggéra Polly en passant devant Robin pour ouvrir la porte avec sa nouvelle clé. Parce qu'en ce moment, je suspecte absolument tout le monde, poursuivit-elle en contemplant tour à tour les clés et Kyle.

Le téléphone sonna.

— Monsieur ou madame McDougall, s'il vous plaît.

— De la part de qui? demanda Polly.

Ses parents lui avaient recommandé mille fois de toujours répondre comme s'il y avait quelqu'un d'autre à la maison.

— Polly, ici l'inspecteur Sharon Mills. Je voulais demander à tes parents si on pouvait venir chez vous ce soir. On aimerait causer avec toi et Isabelle des événements d'hier, vous poser quelques questions, sans plus.

Polly plaqua le téléphone sur sa poitrine en sautillant sur un pied, puis sur l'autre, et en gesticulant en direction des deux autres.

— Sûr, inspecteur Mills. Ça irait très bien. Mes parents seront là pour le souper. Vous voulez qu'ils vous rappellent?

— On sera là ce soir vers, disons…, dix-neuf heures trente, d'accord?

— D'accord, inspecteur Mills.

— Demande-leur de me téléphoner s'ils ont un empêchement.

— D'accord, inspecteur Mills.

Elle raccrocha. « Quelle imbécile je suis, se dit-elle. D'accord, inspecteur Mills. Sûr, inspecteur Mills. Comme un perroquet. Un stupide perroquet peureux. » La courageuse Polly McDougall redressa l'échine et tapa du pied pour se ressaisir. Elle brancha la bouilloire, déposa le chocolat en poudre, trois tasses et trois guimauves sur le comptoir, l'esprit aussi agité qu'un lapin sur un pavé brûlant.

— C'est la police, dit-elle en se frottant les mains. Ils vont venir ce soir encore. Comme je le disais tout à l'heure, il est grand temps qu'on réfléchisse à tout ça.

— Je me porte volontaire, murmura Kyle. Collaborateur, si tu préfères. Ou investigateur.

— Laissez ça à la police, fit Robin en se rongeant un ongle. Vous commencez à me taper sur les nerfs avec vos histoires.

Elle déposa une guimauve dans son chocolat chaud et brassa en soufflant dessus. Un peu d'écume se forma à la surface.

— Et puis il faut que je répète mon numéro de danse pour le concert, ajouta-t-elle.

— Nous aussi, il faut qu'on répète, fit remarquer Kyle. Mais ça, c'est une chose. Résoudre une énigme en est une autre.

Polly dégagea un coin de la table. Elle alla chercher du papier et la règle que son père gardait toujours sur son bureau.

— Un peu de courage, allons, Robin! Tu veux aider Isabelle à récupérer ses pierres, oui ou non?

Elle porta la main à son cou et sortit l'héliotrope.

Kyle alla se poster devant la fenêtre et contempla un instant la rue en sirotant son chocolat. Il inscrivit les mots «lapin fantôme» sur la fenêtre givrée.

— Tu vas pas encore me faire le coup de la carpe, hein Kyle? demanda Polly en levant les yeux de ses notes.

— Bon, il faut que j'y aille, déclara Robin en déposant sa tasse dans l'évier et en essuyant la moustache de chocolat qui ornait sa lèvre supérieure. Je vais voir ce que je peux faire d'ici à mon départ. Du moment que ce n'est pas dangereux.

— Moi, j'embarque, fit Kyle. C'est comme un casse-tête et ça m'intéresse.

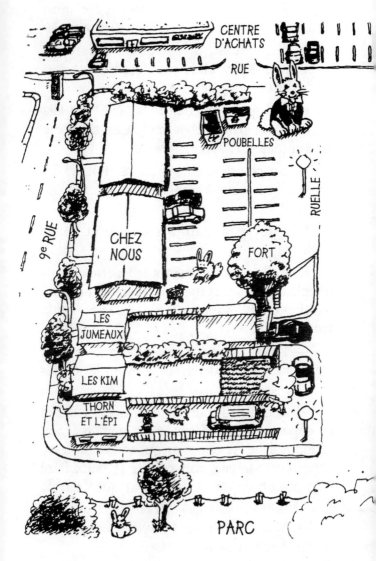

CENTRE
D'ACHATS

RUE

POUBELLES

RUELLE

9e RUE

CHEZ
NOUS

FORT

LES
JUMEAUX

LES KIM

THORN
ET L'ÉPI

PARC

Scène du « crime » :

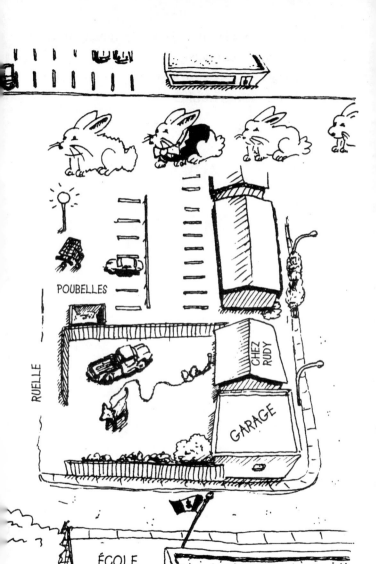

vue à vol d'oiseau. P. McD.

Il revint vers la table. Son regard était grave derrière les verres épais.

— Mais c'est pas un jeu qu'on joue là, les filles. Faudrait pas oublier ça.

AUTRE JOUR, AUTRE VOL

— Les clés, Kyle, tu les as trouvées où ? redemanda Polly après le départ de Robin.

Kyle la regarda droit dans les yeux sans rien dire.

— Il faut que je le sache, poursuivit-elle. C'est important.

Kyle pinça les lèvres en soupirant.

— Ou alors tu deviens suspect, toi aussi, lâcha Polly en mâchouillant le bout de son crayon.

— Hein ?

— Parfaitement. Alors ? Où les as-tu prises, ces fichues clés ?

Son cœur battait à tout rompre. « Kyle, je t'en prie, se dit-elle, pas de mystère inutile entre nous. Reste ce que tu es, mon copain, un bon vieux copain, mon ami Kyle. »

— O.K., O.K. Mon père est président de

l'Association des locataires. Il a un passe-partout et un double de toutes les clés. J'étais pas censé le dire, c'est tout, ajouta Kyle en secouant la tête. Je les ai tout simplement empruntées et j'ai fait faire des doubles au centre d'achats pour pas que tu aies d'ennuis.

Polly poussa un immense soupir de soulagement. « Voilà au moins un casse-tête de résolu », pensa-t-elle. Peut-être qu'à force d'avoir des ennuis, on finissait par soupçonner tout le monde. La vision d'Arturo s'imposa soudain à son esprit. Peut-être qu'il n'était pas du tout distant ou peureux comme on le croyait, mais seulement paranoïaque. Enclin à soupçonner tout le monde, y compris les enfants. Peut-être qu'il était incapable de faire confiance à qui que ce soit. Pauvre Arturo. Polly, elle, avait toujours fait confiance à tout le monde. Jusqu'au vol, du moins. Jusqu'à hier, en fait. « Pourvu que je n'aie pas perdu cet avantage, se dit-elle, pourvu que je redevienne Polly-la-confiante au plus vite ! »

Kyle prit place à table pendant que Polly s'activait au comptoir. Elle mit le poisson au four et coupa du chou en fines lamelles pour la salade. En rentrant, son père n'aurait plus qu'à préparer sa fameuse vinaigrette.

Elle s'approcha de Kyle et regarda par-dessus son épaule. À partir des croquis de

Polly, il avait reconstitué la scène en son entier, en indiquant le nom des rues et des locataires. Il regarda Polly, la mine réjouie.

— Intuition et logique, dit-il. On aura besoin des deux.

Polly se gratta la tête :

— Des fois, je pense que tu es un adulte déguisé en enfant. Tu savais ça, Kyle ?

Kyle regarda Polly, une lueur malicieuse dans le regard, la tête légèrement inclinée, ses cheveux paille aussi raides que des épines de porc-épic. Sans parler de sa foutue chemise rouge qui sortait tout le temps du pantalon. Il devait bien se trouver dans le monde une âme charitable qui aurait le courage de dire à Kyle qu'on ne porte pas une chemise de flanelle rouge quand on est un jeune de sixième année.

— Il faut faire une liste des indices et des suspects, poursuivit Kyle, imperturbable.

— Ça peut pas être quelqu'un de l'immeuble, on vit tous ici depuis toujours, fit Polly en griffonnant un lapin sur le coin d'une feuille.

— Ça en a pourtant l'air, rétorqua Kyle. Et n'oublie pas : Isabelle et les DeCosta sont nouveaux ici. Sans compter les infirmières du troisième. Certaines d'entre elles ont emménagé ici en septembre.

Il y eut un bruit sourd à l'entrée et la porte s'ouvrit toute grande.

— On a été cambriolés, annonça Robin, la figure rouge comme une tomate. Les bijoux de maman ont disparu, les billets d'avion aussi. Papa les avait déposés dans un des tiroirs de la commode. Mon magnétophone aussi a disparu.

Polly était bouche bée. Trop, c'était trop. Elle déposa son crayon et regarda Robin, sa meilleure amie, métamorphosée par la panique. Elle se sentait toute chamboulée, comme si elle venait de prendre un ascenseur qui serait monté trop vite. Elle se précipita vers Robin et la saisit aux épaules.

— Mais... quand est-ce qu'ils ont fait ça? Pendant qu'on était à l'école? Est-ce qu'il va falloir qu'on lâche l'école pour faire de la surveillance?

— Rien que des petits objets, proféra Kyle. Ils ne prennent que des objets facilement transportables. Intéressant!

— Intéressant? Mais c'est horrible. Il va falloir acheter de nouveaux billets. Ça coûte cher, au cas où tu le saurais pas. Et ma mère qui arrête pas de pleurer.

— Ils ont dû s'introduire chez vous durant la journée, dit Polly, pensive. Il faut les arrêter au plus vite. Presque tous les appartements sont vides durant la journée, tout le monde travaille ou va à l'école.

Elle regarda la carte que Kyle avait dessinée et fit la revue des locataires.

— Il faudrait qu'on les prenne en flagrant délit, dit-elle.

Robin prit une chaise et s'assit.

— La police s'en vient. Si vous voyiez mon père. Un vrai lion en cage. Et mon magnéto-phone, vous vous rendez compte ? J'en ai plus !

Elle prit les croquis et la carte et les exa-mina attentivement l'un après l'autre.

— Ça commence à devenir grave, dit-elle.

— Ils se sont peut-être servis de mes clés pour entrer dans l'immeuble, dit Polly. Mais ça n'expliquerait pas comment ils ont fait pour s'introduire chez vous.

— Il n'y avait aucun signe d'effraction ? demanda Kyle. Et la porte-patio, tu as regardé ?

Kyle était assis à côté de Robin, le bloc-notes à la main et le crayon levé.

— En fait d'amis, vous donnez pas votre place, vous autres ! éclata Robin. Tout ce qui vous intéresse, c'est de savoir qui a fait le coup et comment ça s'est fait. On m'a volé mon magnétophone, je vous dis ! Attendez de voir quand ce sera votre tour ! Qu'est-ce que vous voulez que ça me fasse qu'ils soient venus le matin ou l'après-midi? J'ai plus de magnétophone, moi!

— O.K. Robin, fit Polly en se penchant vers elle. On veut aider, c'est tout.

Robin se leva d'un bond et arpenta la pièce avant d'aller se jeter sur le vieux divan brun. Les ressorts protestèrent en grinçant abondamment. Les trois amis se dévisagèrent un instant, avant d'éclater de rire en même temps.

— Fichu divan, grogna Polly.

— Fichus voleurs, renchérit Robin.

Kyle était plié en deux et de sa gorge sortaient de drôles de gargouillis.

— Si les carpes savaient rire, dit Robin sentencieusement, c'est ça qu'on entendrait.

L'hilarité fut à son comble et, pendant un instant, les trois amis ne furent plus qu'une masse de corps, de bras et de jambes sur le plancher.

— Qu'est-ce qui se passe ici?

Shawn déposa sans ménagement son gros sac de hockey dans le vestibule.

— Vous avez pensé aux Beamish?

— Tu y as pensé, toi, aux Beamish? rétorqua vivement Polly en désignant le sac de Shawn.

Mais les Beamish ne se plaignaient jamais. Avec leurs chats et leurs ordinateurs, ils formaient le couple le plus paisible qu'on puisse imaginer.

— Aie pitié d'eux, frérot.

— Pitié toi-même. Vous en faites un boucan! rétorqua Shawn à son tour en mettant le cap sur sa chambre. À votre place, je me calmerais. Les parents seront là d'une minute à l'autre.

Polly se leva, ramassa les croquis et la carte et les rangea dans une des chemises qui traînaient sur le bureau de son père. Elle les remit à Kyle au moment où il s'en allait avec Robin.

— Tiens! Garde-les.

Elle serra brièvement l'héliotrope entre ses doigts avant de disparaître dans sa chambre. En refermant les tentures, elle aperçut Thorn qui traversait le stationnement en direction de la ruelle. Il marchait d'un bon pas. En passant devant l'arbre qui abritait le fort, il ralentit imperceptiblement, examina les alentours un moment avant de repartir. Mais qu'est-ce qu'il fichait là? Pourquoi rôdait-il si près de leur repaire? Polly s'allongea sur son lit pour réfléchir à toute cette histoire. La dernière chose qu'elle entendit, avant de sombrer dans le sommeil, fut le piano de Kyle à l'étage au-dessus.

***

— Tu es là, ma chouette?

La voix de son père lui parvenait de l'autre côté de la porte.

— Le souper est servi.

Polly se redressa vivement et se frotta les yeux :

— Je viens.

— Ça va?

— Oui, oui.

Polly lissa son couvre-lit, se peigna et ouvrit la porte.

Sa mère était assise à la table. Elle leva les yeux en l'apercevant :

— Tu as des empreintes de drap sur la joue. Tu dormais? Tu es sûre que ça va?

— En tout cas, ça allait quand je suis rentré, dit Shawn entre deux énormes bouchées de salade. Elle et ses copains étaient crampés de rire par terre.

— Pas de rire, rectifia Polly. Les Weinstein ont été cambriolés cet après-midi et on consolait Robin.

— Les Beamish aussi, dit son père en se resservant de poisson. On leur a volé leur ordinateur portatif, leurs lecteurs de cassettes et de disques compacts. Personne n'est en sécurité, à présent.

— Est-ce qu'on ne devrait pas réunir tous les locataires? demanda Jan en faisant les cent pas dans la cuisine. On pourrait discuter des serrures, proposer de les changer. On pourrait afficher un avis dans la salle de lavage, ou dans les couloirs.

— Bonne idée, fit Ted en s'essuyant la bouche. Mais après la partie de hockey, si tu veux. Ça commence, justement.

Shawn but d'un trait son verre de lait et repoussa son assiette.

— Polly pourrait peut-être s'occuper de la vaisselle, il faut pas que je manque la partie. La performance des pros, ça peut m'aider, non?

Polly était en train d'aligner ses frites inondées de ketchup au bord de son assiette, sous laquelle, d'ailleurs, était dissimulé un crayon. Des lapins et des serrures géantes s'étalaient déjà sur toute la surface de sa serviette de papier.

— Je suis en train de manger, dit-elle. Et puis j'oubliais: la police a téléphoné, ajouta-t-elle à l'intention de ses parents. Ils seront ici à dix-neuf heures trente pour nous interroger, Isabelle et moi. En attendant, je vais rejoindre Kyle dehors pour chercher des indices.

Sa mère était debout et lui faisait face, très droite.

— Ne te mêle surtout pas de ça, Polly. La

curiosité, ce n'est pas seulement un défaut, c'est dangereux aussi.

Elle ramassa l'assiette de Polly, aperçut le crayon et les marques de crayon sur la table, là où les dessins avaient débordé la serviette.

— Et j'aimerais aussi que tu trouves autre chose pour dépenser ton énergie. C'est bien dommage que tu aies abandonné la danse.

— Je danse comme un pied... D'ailleurs, c'est pas la danse que j'aime, c'est le dessin.

Et puis pourquoi est-ce qu'on ne lui fichait pas la paix avec ses dessins? Quel mal y avait-il à dessiner partout, tout le temps? S'il y avait une chose que Polly avait en horreur, c'était de devoir planifier même ses loisirs.

Du salon, leur parvenaient les commentaires préliminaires à la partie de hockey. Ted et Shawn étaient déjà affalés sur le divan.

— On pourrait peut-être aller ensemble au cours d'aérobique, proposa sa mère. Le cours réservé aux femmes, ajouta-t-elle. Il faut garder la forme. Ton père et moi, on n'a pas envie que tu t'encroûtes.

Elle saisit son tricot — un ouvrage au crochet — et s'installa confortablement dans la chaise berçante.

— Shawn! La vaisselle!

— Je vais la faire, je vais la faire, grogna

Shawn. À la fin de la première période, promis.

Polly était fascinée par les doigts de sa mère qui voletaient au-dessus du crochet. Comment ne pas se sentir pataude devant une mère danseuse, prof de gymnastique, experte en travaux d'aiguille, et un frère en train de devenir une étoile de hockey? Polly serra de nouveau l'héliotrope: Polly-la-pataude, Polly-la-froussarde disparut comme par enchantement.

DES SUSPECTS EN TROP

En rentrant de sa promenade avec George, Polly aperçut de nouveau le lapin. Le lapin fantôme. Le pauvre! Toujours enveloppé dans sa fourrure blanche malgré l'absence de neige. En plein mois de décembre, à la veille de Noël. Alors qu'il aurait tellement fallu qu'il soit invisible, aux chasseurs comme aux oiseaux de proie; ou, à défaut d'être invisible, qu'il puisse passer comme une ombre, la nuit, à l'insu des dormeurs, ou flâner dans le parc, le jour, quand les enfants sont à l'école.

— Comme je te comprends, murmura Polly en se rapprochant de l'ombre. Si tu savais comme je te comprends.

Il était tout près à présent; Polly voyait son corps trembler, ses moustaches frémir. Elle fit un pas vers lui. Le gazon craqua sous son pied. George grogna faiblement et le lapin en profita pour s'enfuir, éclair blanc effleurant le saule, les poubelles, les voitures stationnées, avant de disparaître dans la nuit.

— Hé! W2O, appela doucement Polly.

Puis elle éleva la voix, plus pour elle-même que pour le lapin:

— J'ai réussi à déchiffrer le message codé de Kyle et de Robin: W2-W-T2-U-N2-O-W-N2-U2-S2-I2-T. C'est ton nom de code.

Une pie jacassa tout près. Polly tressaillit et revint brusquement à elle. Elle ramena George chez Isabelle.

— Tu viens terminer la toile que tu donnes à tes parents? lui demanda Isabelle.

Polly grommela quelque chose entre ses dents. Quelque chose où il était question de prendre l'air et de jouer dehors avec les autres enfants au lieu de se morfondre à l'intérieur. Elle regardait ailleurs.

— On se voit à dix-neuf heures? risqua de nouveau Isabelle. Avec les deux inspecteurs?

Seul, le froissement du blouson vert lime répondit à sa question. Polly était déjà dans le vestibule. Elle baissa les yeux vers son blouson. « Trop bruyant, se dit-elle. Il faut absolument trouver autre chose. » Elle rentra chez elle et fourragea dans la penderie. Si elle voulait devenir un fantôme, elle aussi, si elle voulait découvrir des indices et passer inaperçue, mieux valait s'habiller en conséquence.

Les amateurs de hockey étaient rivés à l'écran, grignotant du maïs soufflé et prodiguant aux joueurs d'inutiles encouragements.

— Passe-lui la rondelle, bon sang, passe-la-lui! hurlait Shawn.

Polly faisait la revue des manteaux et blousons. Elle finit par mettre la main sur une veste vert et brun complètement défraîchie, mais chaude. Idéale pour se camoufler. Elle avait déjà appartenu à Shawn, qui l'avait manifestement oubliée au fond de la penderie. Entre autres trésors, elle découvrit également une vieille paire de gants noirs appartenant à sa mère et une tuque marine reléguée au fond de la boîte où on rangeait les vêtements d'hiver.

— Au centre communautaire, ils vont mettre sur pied une équipe de ringuette, dit soudain Jan pendant un message publicitaire. J'ai envie d'inscrire Polly.

— Voyons, maman! Elle va encore tomber et se fouler une cheville comme l'an dernier, au soccer, dit Shawn. Oublie ça, laisse-la faire.

Polly resta immobile dans le vestibule, étouffant dans les vieilles frusques de son frère. Le parfum du sapin de Noël emplissait ses narines. Un parfum frais et sauvage en même temps. C'était la première fois que les cadeaux ne prenaient pas toute la place dans sa tête. Elle avait vieilli, elle était trop grande pour penser uniquement aux cadeaux. Cette année, Noël allait représenter autre chose pour elle, quelque chose qu'aucun cadeau au monde ne pourrait lui apporter. Elle ne savait pas encore très bien de quoi il s'agissait. Tout ce qu'elle savait, c'est que cette chose avait un rapport avec ce qu'elle était en train de faire : fouiller dans la penderie, venir en aide à Isabelle et enquêter avec Kyle. Elle se sentait devenir double, comme si une deuxième Polly, à l'extérieur d'elle-même, surveillait sa métamorphose d'un œil amusé. L'invisible Polly McDougall existait peut-être, après tout.

— Ted, Polly m'inquiète, dit soudain Jan. Je n'ai pas envie qu'elle passe tout l'hiver à l'intérieur, à griffonner et à regarder la télévision. Elle a besoin d'exercice, sinon elle va devenir neurasthénique, ou trop centrée sur elle-même, ce qui n'est pas beaucoup mieux. Elle ne fait que dessiner. Elle n'a pas la moindre idée de ce que ça veut dire être artiste, des difficultés que ça suppose. Elle va tomber de haut quand elle va comprendre qu'elle n'y arrivera jamais. Je sais de quoi je parle.

— Tu exagères, Jan. Polly ne va pas si mal que ça. Les jeunes sont pleins de ressources, aujourd'hui. Si la peinture ne marche pas pour elle, t'inquiète pas, elle va trouver autre...

— Ted, tu ne sais vraiment pas de quoi tu parles ! Les jeunes sont de parfaits idéalistes, ils se font des montagnes d'illusions et moi, je n'ai pas envie qu'elle soit déçue un jour, je n'ai pas envie...

— Hé ! regardez-le aller celui-là, interrompit Shawn. *Wow !* Quel beau but, sapristi !

Polly sortit sans bruit et referma la porte derrière elle. Elle n'avait pas la moindre idée de ce qui tourmentait sa mère et ne voulait pas le savoir. Elle dévala l'escalier en courant.

Kyle l'attendait à la porte d'en arrière.

— Qu'est-ce que tu fichais ? dit-il en poussant la porte.

Il avait l'air un peu perdu dans sa veste marine et son absurde casquette de chasse rouge vif.

— Bon sang, Kyle. Quelle idée de porter un truc pareil ?

— À ta place, je parlerais pas, grogna-t-il.

Polly considéra son propre accoutrement et se mit à rire.

— Et Robin ?

— Sortie.

— On va se débrouiller sans elle, alors.

Kyle grimpa à l'échelle et s'empara de la lampe de poche, Polly sur les talons. Elle sortit son bloc à dessin et le crayon qu'elle avait mis dans l'une des immenses poches du manteau de Shawn.

— Combien de personnes sont au courant que ton père possède un double des clés ?

Kyle haussa les épaules. Un bruit de pas rapides leur parvint de la ruelle. Polly s'accroupit au sol, imitée par Kyle qui dirigea sa lampe de poche vers l'endroit d'où venaient les pas. Un chœur de chiens se mit à glapir et à japper. Au même moment, on entendit claquer la porte d'une voiture et les pneus racler violemment le gravier.

Kyle et Polly descendirent de l'arbre à toute vitesse et coururent jusqu'à la ruelle. Il n'y avait plus personne. Ils restèrent immobiles quelques instants pour reprendre leur souffle. Le crayon gênait Polly dans ses mouvements et lui rentrait dans l'abdomen ; elle le rangea dans la poche poitrine du manteau. Un doigt sur les lèvres, elle effleura le bras de Kyle, se ravisa et sourit intérieurement. Recommander le silence à Kyle était aussi absurde que de demander à une souche de rester immobile.

Rudy se tenait à la porte de son garage, un cigare puant coincé entre les dents, sa bedaine de bière pointant sous son chandail blanc sale.

Un grondement de moteur emplissait le garage. Le bruit s'éteignit tout à coup. Rudy jeta son cigare, l'écrasa du talon et rentra dans le garage en refermant vivement la porte sur lui. Polly frissonna, comme chaque fois qu'elle le voyait. Ce bonhomme-là lui donnait la chair de poule.

La lumière inonda soudain la cour des Kim. Monsieur Kim et son fils apparurent à la porte de la maison, transportant un objet qui paraissait très lourd. Ils le déposèrent dans l'un des coins du jardin et commencèrent à creuser. Pelletée après pelletée, jusqu'à ce qu'un monticule de terre s'élève à côté du trou. Le chat en profita pour s'échapper de la maison et vint se jucher sur l'épaule de Kyle, toutes griffes dehors.

— Aïïie ! grommela Kyle entre les dents.

Les Kim jetèrent leur pelle par terre et se dirigèrent vers la clôture séparant leur terrain de celui des *punks*, précisément à l'endroit où se tenaient Kyle et Polly. Arrivés face au parc, à l'intersection de la ruelle et du boulevard, ils firent une pause près de l'orme géant situé sur le terrain des *punks*, en attendant que la voie soit libre. Sur le boulevard Kingsway, le bruit lointain d'une sirène s'éleva dans la nuit. Polly retint son souffle et jeta un regard à la fenêtre des *punks*. Dans la cuisine, l'Épi faisait la vaisselle au rythme de la musique *heavy metal* qu'on entendait de l'extérieur. Même son accoutrement était visible : cheveux orange, boucles d'oreilles dansantes, fard mauve, rouge à lèvres agressif. Polly poussa Kyle du coude en désignant la fenêtre.

— Même les *punks* doivent s'astreindre à manger et à faire la vaisselle, j'imagine. Mais j'aimerais bien voir de quoi elle a l'air sans maquillage.

— Tu peux toujours essayer d'en faire un croquis.

La monstrueuse fourgonnette brune de Thorn tourna le coin de la rue. Polly s'élança en direction du parc en agrippant Kyle au passage.

— Vite ! Je veux pas rater ça.

Kyle grimpa sur un banc dissimulé sous les pins. Polly en fit autant. Voir sans être vus, c'était leur nouveau credo et, jusqu'à présent, songea Polly, ils avaient assez bien réussi. Ils n'étaient peut-être pas tout à fait invisibles, mais un peu tout de même. Des fantômes. Les détectives fantômes McDougall et Clay. Polly voyait déjà l'enseigne de laiton ornant la façade de leur bureau.

Thorn sortit de la fourgonnette, se dirigea vers l'arrière du véhicule et ouvrit les portes. Il en sortit un sac d'épicerie qu'il apporta chez lui. Polly le vit parler quelques instants avec l'Épi. Elle était sur le point d'abandonner son poste d'observation quand Thorn sortit de nouveau, cria quelque chose de la fourgonnette, y prit une boîte qu'il transporta devant le garage de Rudy. Il frappa à la porte et entra.

La MG rouge tourna le coin de la ruelle à toute vitesse, faillit emboutir la fourgonnette qui obstruait partiellement le passage. À côté du géant blond, une énorme plante enveloppée dans un emballage vert — du fleuriste, vraisemblablement — occupait le siège du passager.

— La fuite de la tomate meurtrière, plaisanta Kyle en donnant un coup de coude à Polly.

Une autre scène se déroulait au même moment et aurait complètement échappé à Kyle et à Polly s'ils n'avaient pas été aussi vigilants : une silhouette de petite taille sortit de l'arrière de la fourgonnette, traversa la 9e Rue en courant et disparut. L'individu, quel qu'il soit, transportait un grand fourre-tout de couleur foncée qui tressautait sur sa hanche droite à chaque foulée.

Le chien de Thorn se mit à gronder. L'Épi ouvrit la fenêtre et cria : « La ferme, Brutus ! Il va revenir dans une minute. »

Kyle retroussa sa manche et montra l'heure à Polly.

« Ça en fait, des questions ! » se dit Polly. Qu'est-ce que les Kim avaient enterré, au juste ? Qu'est-ce qui se passait dans le garage de Rudy ? Qui était le fugitif ? Quel rapport Thorn entretenait-il avec Rudy ? En descendant de son perchoir, elle se fit la promesse de compléter la carte au plus tôt et d'y rapporter tout ce qu'elle venait de voir. Qui sait ? Tous ces détails pourraient peut-être se révéler utiles plus tard. Elle se promit également — Kyle l'avait lui-même suggéré — de faire un portrait de l'Épi au naturel, une Épi épluchée, quoi !

Thorn sortit précipitamment du garage de Rudy et faillit renverser les deux jeunes.

— Qu'est-ce que vous fichez là tous les deux ?

Polly fit comme si elle n'avait pas entendu et poursuivit son chemin, le cœur battant.

— Arrêtez de fourrer votre nez partout ! jappa Thorn.

— Fichez-nous la paix ! hurla Kyle à son tour.

— La rue est à tout le monde, renchérit Polly.

— Vous n'avez rien à faire ici. Votre rayon à vous, c'est l'autre bout de la rue, restez-y, sinon...

Thorn fonça sur eux, sa grosse tête aussi

menaçante que celle des lutteurs du samedi soir, à la télévision.

Polly tourna les talons et s'enfuit à toutes jambes. Derrière elle, le bruit des chaussures de Kyle raclant le gravier résonnait dans la nuit. Arrivée près du fort, elle s'arrêta pour souffler.

Sa main se fraya un chemin sous l'épaisse veste et saisit l'héliotrope. La pierre était douce et tiède, empreinte de la chaleur de son propre corps. Kyle la rejoignit aussitôt, les mains dans les poches et le regard tourné vers la ruelle. Il continua à lancer des cailloux longtemps après que Thorn se soit volatilisé.

— Bon sang, il est malade ou quoi? souffla Polly en rentrant chez elle.

Une voiture de police était stationnée près de la porte de derrière. Deux policiers étaient à l'intérieur.

— Ah, c'est pour ça que Thorn nous a pas suivis jusqu'ici. Il a vu leur voiture. En tout cas, dis-leur ce qui vient d'arriver.

— Toi, dis-leur, répliqua Polly en lui donnant un léger coup de poing. McDougall et Clay, détectives privés. Tu es dans le coup à présent. Alors, parle.

Kyle acquiesça de la tête et grimpa les marches devant Polly. Les deux policiers leur emboîtèrent le pas.

Ils se retrouvèrent tous dans le vestibule de l'appartement, un peu à l'étroit, en train de retirer leur manteau.

Quand Polly avait ouvert la porte, son père était en train de préparer du café. Les deux détectives étaient plantés au beau milieu du salon et sa mère dirigeait la circulation en multipliant les ordres:

— Prenez plutôt cette chaise, inspecteur Mills, elle est plus confortable. Faites comme chez vous, inspecteur Anderson. Shawn, que dirais-tu de transporter la télé dans le corridor? Attention au papier peint, d'accord?

Elle rangea les livres et les magazines qui traînaient et disposa les chaises en cercle dans la salle à manger.

— Ah, voici justement Polly et Kyle. Mais où étiez-vous passés, tous les deux? Vous êtes tout rouges. Vous avez couru, on dirait.

Isabelle apparut à la porte. Jan lui désigna une place sur le divan. Elle rejoignit son mari à la cuisine pour l'aider à préparer le café et les rafraîchissements.

Les deux policiers s'installèrent à leur tour, l'un sur une chaise pliante, l'autre, le petit maigre, sur le tabouret de cuisine, son calepin sur les genoux.

— On se demandait s'il ne serait pas utile

que vous soyez présents à la prochaine réunion de l'Association des locataires, dit Jan en apportant un plateau de fromages et de fruits. La réunion aura lieu le mois prochain et on pourrait discuter de la sécurité. On n'est absolument pas protégés ici et cette affaire nous a tous pris au dépourvu.

— Bonne idée, fit Anderson.

Polly vint s'asseoir à côté d'Isabelle. « Il y a beaucoup trop de monde dans cette pièce », songea-t-elle. Elle sortit l'héliotrope et l'exposa à la lumière de la lampe. Le cœur serré, elle se tourna vers Isabelle :

— J'aimerais vous le rendre, dit-elle.

— Non, Polly. Je t'ai déjà dit qu'il était à toi et que je n'en voulais pas. Il aurait l'air de quoi sur une grosse dame comme moi ?

— Mais... mais, bafouilla Polly.

— Je croyais que le plus peureux des deux, c'était Kyle et non toi, poursuivit Isabelle en posant la main sur le bras de Polly. Comprends-moi bien, Polly. Je ne te blâme pas une seconde pour ce qui est arrivé. Je ne ferme jamais la porte à double tour, jamais. J'ai toujours vécu dans une petite ville et je ne me méfie jamais de rien. Alors, arrête de t'en faire avec ça, d'accord ?

Elle se pencha à l'oreille de Polly et murmura pour elle seule :

— Reviens plus tard pour retoucher ta peinture, d'accord? Et puis on dirait que tu as une foule de choses en tête, je me trompe? Qu'est-ce qui s'est passé?

Polly se serra un peu plus contre Isabelle en poussant un immense soupir de soulagement. Comme elle se sentait en sécurité près d'elle! Plus qu'en sécurité: bienvenue. Oui, elle se sentait la bienvenue. Ce simple constat la renforça encore dans sa volonté de venir en aide à Isabelle. Elle et Kyle allaient résoudre le mystère, faire l'impossible pour aider la police à retrouver le voleur.

Anderson s'éclaircit la voix:

— Je dois vous informer qu'un autre immeuble situé à deux rues d'ici, de l'autre côté de la 9e Rue, a été cambriolé de la même façon, cette semaine.

Anderson mit une pastille contre la toux dans sa bouche et tripota ses stylos.

— Comme je vous le disais hier soir, nos soupçons se portent actuellement sur une bande organisée. Une petite bande. Et il est urgent que nous arrivions à découvrir comment ils procèdent.

— Chaque criminel a sa propre façon de procéder, souffla Kyle à Polly. Sa méthode, si tu préfères.

— Je le savais, répondit Polly.

Elle se tourna vers les inspecteurs :

— Avez-vous réussi à trouver comment les voleurs se sont introduits dans les appartements ?

— Pour l'instant, tout ce qu'on sait, c'est que la plupart des serrures ne sont pas sécuritaires. Pour le reste, continua Anderson en fixant Polly droit dans les yeux, on a trouvé des empreintes de pas sur les galeries et les balcons, et des marques prouvant que certaines portes ont été forcées.

— Les cambrioleurs utilisent souvent des cartes de crédit, déclara Shawn. Vous glissez la carte...

— Bon, ça suffit pour l'instant, intervint subitement l'inspecteur Mills. Nous avons des questions à poser.

Elle fit signe au jeune policier de prendre des notes.

— Polly, pourrais-tu nous raconter une fois encore, dans les moindres détails, ce que tu as fait hier soir ? demanda-t-elle en se frottant le menton.

Ses cheveux blonds coupés court formaient comme un casque autour de sa tête, ses yeux bleus brillaient d'excitation.

— On essaie de retracer l'emploi du temps du voleur, comprends-tu ?

Polly fit un récit complet de son emploi du temps à elle. Sa voix était ferme et parfaitement claire. À ses pieds, elle entendait les halètements de George et, de temps à autre, de légers grognements. « Comme s'il m'approuvait », songea-t-elle, amusée. Elle lui caressa la tête.

Dans son coin, Kyle était tout ouïe. Il devait, lui aussi, essayer de reconstituer les événements. Arrivée à l'épisode de la porte, qu'elle n'avait fait que tirer, Polly perdit un peu de sa belle assurance. Elle vit les inspecteurs hausser les sourcils et perçut un léger mouvement du côté d'Isabelle.

— Comme on vous l'a déjà dit, inspecteur, la prudence n'a jamais été notre fort, ici. On ne verrouille pas toujours les portes. Cette époque est révolue, sans doute, et je suppose que nous devrons dorénavant apprendre à nous méfier.

— Pas forcément, murmura Kyle. Les choses vont redevenir comme avant. On s'en charge.

Polly lui sourit. Kyle parlait peu mais, côté pertinence, il ne donnait pas sa place. Surtout quand l'enjeu était de taille. Mais seraient-ils capables de le faire ? De faire que la vie redevienne comme avant ? Que les gens se fassent de nouveau confiance les uns les autres ?

L'ENQUÊTE SE POURSUIT

Polly, impossible d'être des vôtres, parents inquiets, trop dangereux. Désolée, Robin.

La note rose de Robin n'en disait pas plus.

Ce mercredi matin, Polly avait un cours de sciences sociales avec Jones. Les yeux rivés sur la note rose, elle essayait vainement de se concentrer. Au bas de la note, Robin avait griffonné le code W20, pour « lapin ». Kyle adressa un clin d'œil à Polly. Il avait le nez fourré dans son manuel de mathématiques, comme d'habitude. Résoudre les problèmes les plus compliqués, ceux qu'on trouve à la fin du livre, était un passe-temps pour lui. Ça l'aidait à réfléchir, disait-il. Ça ou jouer du piano, parce qu'alors l'esprit est dégagé, libre de réfléchir à autre chose, aux cambriolages, par exemple. « Mes griffonnages jouent exactement le même rôle », se dit Polly.

Dehors, le vent s'était levé, un vent froid

qui faisait trembler et cliqueter les lumières de Noël dans la grosse épinette bleue. Emmitouflé dans un gigantesque manteau, le concierge de l'école était grimpé à une échelle et remplaçait l'une après l'autre les ampoules grillées. Non sans difficultés, d'ailleurs. Ses épaisses mitaines rendaient tous ses gestes gauches. À le voir s'acharner ainsi sur la guirlande de lumières bleues, Polly se sentit soudain impuissante et absurdement petite. Elle aurait tant voulu se rendre utile !

— Polly, si tu nous parlais un peu de la façon dont les familles vivaient dans la Grèce antique ?

Jones se tenait devant elle, immobile. Zut ! Son esprit à elle était encore dans l'arbre, au milieu des lumières bleues, pas en Grèce. Et depuis tout à l'heure, sa main griffonnait quelque chose : un lapin blanc grimpé à une échelle. Polly se mordit les lèvres. Qu'est-ce qu'on pouvait dire d'intelligent à propos de la Grèce antique ? La classe était suspendue aux lèvres de Polly et attendait en silence.

— J'ose espérer que tu n'es pas encore en train de jongler à toutes ces histoires de vol, plaisanta Jones. Passe encore si certains d'entre vous étaient impliqués dans l'un de ces vols... Mais ce serait impossible, n'est-ce pas ? Il ne doit pas y avoir beaucoup d'escrocs dans la classe...

Polly avait raconté l'histoire à toute la classe, aidée par Robin, qui avait agrémenté le récit d'une foule de détails piquants. Elle adorait ça. Pas commérer ou faire des potins, mais raconter ce qu'elle savait. Simplement.

— Quand une fille naissait en Grèce et qu'on n'en voulait pas, on la déposait simplement dans une corbeille, en plein champ, et on la laissait mourir de faim, lança Polly d'une traite.

— Seigneur! Tu as les bleus, ou quoi? souffla Robin.

— Peut-être que Kyle sera un peu plus optimiste et arrivera à trouver au moins une qualité à notre famille grecque.

Décidément, Jones avait le chic pour ne choisir que les élèves de l'immeuble. «Comme s'il le faisait exprès, pour nous distraire et nous empêcher de penser au vol», songea Polly.

Kyle rougit jusqu'aux oreilles et cacha son manuel de mathématiques sous une feuille.

— Pour déjeuner, ils mangeaient du pain et du vin coupé d'eau. Les garçons allaient à l'école, mais pas les filles, qui restaient à la maison pour faire le ménage. Les esclaves se chargeaient évidemment des grosses corvées.

— Tu veux ajouter quelque chose, Arturo? demanda Jones.

Il s'appuya contre le tableau recouvert de poussière de craie. Il était anguleux et très grand, avec une pomme d'Adam proéminente.

Arturo était assis à son pupitre, en avant de la classe, la tête légèrement inclinée, attentif. En une seconde, il rentra la tête dans les épaules, ouvrit un livre et le plaça debout devant lui, comme un paravent :

— C'est en Grèce que la démocratie est née, dit-il en rougissant. La démocratie est une grande chose, c'est ce que mon père m'a toujours dit. Mais, même dans un pays démocratique, il peut y avoir des gens mauvais...

Son teint vira subitement au jaune.

— Je me sens pas très bien, monsieur...

Polly crut qu'il allait vomir sur place. Il était complètement bouleversé.

— Je peux retourner à la maison ?

Il était déjà debout, à côté de son pupitre, la main gauche agrippée au dossier de la chaise comme à une planche de salut.

— Je peux l'accompagner à l'infirmerie, proposa Kyle.

— Moi, je peux le reconduire chez lui, proposa Polly à son tour.

Elle adressa à Arturo son sourire le plus engageant, en espérant qu'il comprendrait à quel point Kyle et elle souhaitaient collaborer.

Arturo regarda tour à tour Jones, Polly et Kyle. Il plaqua sa main sur sa bouche :

— Je peux ?

C'était une question, mais qui n'attendait pas de réponse : Arturo s'élança en dehors de la classe.

— Le pauvre, dit Jones en secouant la tête. Va avec lui, Kyle, pour voir si ça va.

Dans la classe, un murmure s'était levé. Jones retourna à son bureau, fit semblant de mettre de l'ordre dans ses papiers et consulta ses dossiers. « Dès que quelqu'un l'interrompt, songea Polly en l'observant, il est complètement perdu. »

— On parlait de la Grèce, monsieur Jones, dit Robin. Arturo disait que c'est là que la démocratie est née.

— Ah oui !

Jones retourna au tableau et prit une craie.

— Observation très juste, poursuivit-il. Nous sommes tous redevables aux Grecs et aux Romains d'avoir institué la démocratie.

Il jeta un coup d'œil à la porte entrouverte, au corridor silencieux, puis revint à ses moutons.

Kyle rentra dans la classe et regagna sa place sur la pointe des pieds.

Polly se tourna vers lui :

— Et Arturo?

— Parti, répondit Kyle en haussant les épaules.

La cloche sonna, Jones se précipita en dehors de la classe.

— Qu'est-ce que tu veux dire, parti? demanda Polly en sortant.

— Parti, c'est tout. Je l'ai trouvé nulle part, ni dans les toilettes, ni dans l'entrée, ni à l'infirmerie. La secrétaire ne l'a pas vu elle non plus.

— Il doit être vraiment malade, fit observer Polly.

— C'est pas mêlant, il était vert, dit Robin.

— Il a peut-être mangé quelque chose qu'il a pas digéré, fit Kyle.

— Je pense pas, fit Polly en secouant énergiquement la tête. C'est quelque chose d'autre, sûrement. On parlait de la Grèce... Monsieur Jones nous taquinait à propos du vol et des escrocs qu'il pouvait y avoir dans la classe. Mais qu'est-ce qui a pu le déranger dans ça? Pourquoi est-ce qu'il a laissé tomber son sac à ordures quand il a vu le rassemblement près de la ruelle? Et pourquoi avoir entraîné Rosalie presque de force quand il nous a entendus parler du vol?

— Il a peut-être attrapé la malaria ou une autre saloperie du genre, continua Robin. Moi, chaque fois que je mange du chocolat, j'ai l'estomac à l'envers. C'est peut-être pareil pour lui. Il est peut-être allergique au chocolat.

— Peut-être qu'il a peur, murmura Kyle en envoyant la main à ses copains.

Il courut vers eux, laissant Robin et Polly en plan.

Elles franchirent la porte à deux battants et se retrouvèrent sur le terrain de jeu. C'est à cet instant qu'elles virent Arturo traverser le parc en courant vers la ruelle.

Rosalie sortait au même moment de l'école. Ayant aperçu son frère, elle délaissa son groupe et s'élança à la suite d'Arturo.

— Rosalie, attends! lui cria Polly. Amène-toi, Robin, il faut qu'on lui parle.

— Si c'est à propos des vols... hésita Robin.

— Ton frère est malade, dit Polly en rattrapant Rosalie.

Rosalie essaya de s'enfuir, mais Robin agrippa son bras.

— Pas de panique, Rosalie.

— On peut peut-être l'aider, suggéra Polly en tendant la main vers Rosalie. Peut-être qu'il a un problème?

— Il m'a dit de pas vous adresser la parole,

cria Rosalie. Il dit que vous vous prenez pour d'autres. Il dit qu'il faut faire confiance à personne, qu'il faut se débrouiller tout seuls.

Elle se dégagea d'une secousse et s'enfuit en pleurant.

— Mais voulez-vous bien me dire ce qui se passe? fit Kyle en les rejoignant.

— C'est Arturo, dit Polly. Il doit avoir des ennuis. Il a dit à Rosalie de pas nous parler. Je pense qu'il se passe quelque chose de grave, et ça pourrait bien avoir un lien avec les vols.

— Mon père m'a dit qu'on devrait pas se mêler de ça. C'est à la police de faire son travail, déclara Robin en s'éloignant.

— De toute façon, tu pars en vacances, lança Polly en la suivant. Mes parents à moi, ils veulent aider la police. Tout comme moi.

Robin s'était arrêtée et grattait le sol avec son pied.

— J'aurais dû essayer d'expliquer à mes parents qu'on pouvait faire notre part dans ça, mais j'étais trop énervée. Tout ce que je veux, c'est retrouver mon magnétophone, mais je sais pas quoi faire pour ça. Et puis vous savez comment sont mes parents, ajouta-t-elle en faisant la moue.

« Elle a peur, se dit Polly, elle est morte de peur et elle se sent drôlement soulagée, au fond, que ses parents aient mis le holà à ses vel-léités d'enquête. C'est ma meilleure amie, mais un poids mort en ce qui concerne Isabelle. »

— On va te faire un compte rendu détaillé des événements à ton retour d'Hawaii, fit Kyle en frottant ses énormes mitaines l'une contre l'autre pour se réchauffer.

Un nuage de poussière se leva aussitôt et cela les fit rigoler. Ils se prirent par le bras en murmurant à l'unisson :

— Lapin fantôme, W2O, lapin fantôme, W2O.

La fourgonnette brune de Thorn passa lentement devant la cour de l'école.

— Tu parles d'un hurluberlu, marmonna Kyle, les dents serrées.

— Parce qu'il s'habille bizarrement ? s'en-quit Polly. Ou parce qu'il nous a menacés ? C'est pas bien grave.

— Il y a des choses que tu sais pas, répli-qua Kyle sèchement.

— Alors, raconte, la carpe, fit Robin en lui enfonçant son coude dans les côtes.

Au lieu de répondre, Kyle mit la main dans sa poche, en sortit une pleine poignée de graines de tournesol qu'il enfourna aussitôt. Il secoua la tête et alla rejoindre les garçons qui jouaient devant l'école.

— Même la GRC fait pas autant de mystères, lui cria Robin.

— Il va me rendre folle, s'écria Polly en envoyant en l'air une canette de jus qui se trouvait sur son chemin.

L'objet alla atterrir près d'une poubelle. Polly se pencha pour le ramasser et le jeter à la poubelle, le sang afflua brusquement à sa tête et elle fut prise de vertiges. L'image de Rosalie lui revint en mémoire, Rosalie la fixant de ses grands yeux tristes, Rosalie affirmant à propos d'eux trois — elle, Robin et Kyle — qu'ils étaient indignes de confiance... ça aussi, ça la rendait folle. Peut-être que Rosalie abritait elle aussi un iceberg. Comme Isabelle...

En retournant en classe après la récréation, Polly passa voir madame Stock.

— Je pense que Rosalie est retournée chez elle pour voir si son frère était bien. Il avait l'air drôlement malade.

— Oh, Polly, ça tombe bien que tu sois là, fit madame Stock en la faisant entrer dans la classe. Rosalie commence à m'inquiéter sérieusement. Depuis deux jours, elle est vraiment bizarre. Tu sais ce qui ne va pas?

Polly secoua la tête. Elle ne savait rien. Ni de Rosalie, ni d'Arturo. Rien de rien. Difficile à admettre. Si ces deux-là avaient des ennuis, la

Maison du lapin fantôme serait bien la dernière à en être informée. Arturo et Rosalie se seraient fait couper en petits morceaux plutôt que de se confier à elle. Ça aussi, c'était difficile à encaisser.

— Pourrais-tu transmettre un message à sa mère?

Polly acquiesça en lorgnant le pupitre de Rosalie. Comme tous les jeunes de troisième année, elle avait des cahiers de toutes les couleurs. Sur l'un d'eux, le rouge, elle avait collé un joli dessin au crayon. Le dessin représentait un gros lapin blanc vêtu d'un manteau à carreaux et d'un nœud papillon à pois. Le pantalon du lapin était aussi rouge que la couverture de son cahier, ses pattes et ses oreilles étaient brunes. Comme celles du lapin fantôme. Une conclusion s'imposait: si Rosalie lui avait laissé les pattes et les oreilles brunes, c'est qu'elle l'avait vu, le lapin fantôme.

— Polly...

Madame Stock lui remit une enveloppe bleue:

— Crois-tu que madame DeCosta comprend un peu le français?

— Tout ce que je sais, c'est qu'elle suit des cours du soir au secondaire.

Elle regagna sa classe, puis sa place, sur la pointe des pieds. En passant tout près de Kyle, elle jeta une note sur son pupitre.

— W2O, rendez-vous près de l'arbre, murmura-t-elle en s'assoyant avec le sentiment bizarre que la note de madame Stock pesait une tonne au fond de sa poche.

Jones prenait les présences. Il leva un œil interrogateur vers Polly, qui informa la classe qu'Arturo et Rosalie seraient absents pour un temps.

— J'aimerais beaucoup, les enfants, que vous preniez le temps d'expliquer la matière à vos amis du Salvador. Mettez-vous à leur place : ils sont en pays étranger, dans une école étrangère où on parle une autre langue que la leur.

Il soupira et mit de côté ses papiers.

La main de Polly se fraya un chemin jusqu'à l'héliotrope. Elle se sentait aussi tendue qu'une corde de violon. Les yeux sombres de Rosalie et la tête baissée d'Arturo la poursuivaient sans cesse. Il fallait absolument faire quelque chose pour gagner leur confiance, pour qu'ils changent d'attitude. « Ça résoudrait pas le vol, mais au moins, je me sentirais mieux », se dit Polly.

— Bon, vous êtes prêts ? La répétition pour le concert de demain commence dans quelques minutes. Ne laissez rien sur vos pupitres, rangez toutes vos affaires. Polly, n'oublie pas la peinture.

Polly alla au fond de la classe chercher les boîtes de carton qui contenaient les détrempes. Des lapins et des arbres étaient griffonnés sur le haut de l'une des boîtes. Personne ne dessinait comme elle. Alors, où Rosalie l'avait-elle pris, son gros lapin? Polly ne les semait pas à tout vent, tout de même. Elle en faisait souvent des petits, comme ceux sur la boîte, mais des gros, sur du vrai papier d'artiste, non. Ou alors très peu.

— Réveille-toi, Polly, dit Jones. J'attends après toi pour verrouiller la porte. Le directeur nous a demandé de le faire à cause des vols. Des vols, il y en a eu partout dans le voisinage, pas seulement dans votre immeuble.

Polly ramassa les boîtes et sortit de la classe.

Dans le hall d'entrée, en face du bureau du directeur, il y avait un présentoir rempli de dépliants de couleur rose, bleue et jaune contenant des informations sur les écoles secondaires. Polly en prit deux pour ses parents: le premier sur Kirby, au sud de la ville, le second sur l'école secondaire de son quartier. En les leur mettant sous le nez, ils finiraient peut-être par comprendre les raisons qui lui faisaient préférer Kirby. La vie devenait franchement compliquée, trop compliquée pour une jeune de son âge : choisir une école, résoudre un crime, apprivoiser Arturo et mettre la dernière main à une toile, tout ça avant Noël. C'était trop. Si elle voulait y arriver, il n'y avait qu'une solution : devenir Polly-le-bourreau-de-travail.

Sur le chemin du retour, Polly se surprit à fredonner un air de Noël. Si au moins il y avait de la neige pour dissimuler les horreurs de la ville et recouvrir les gris et les bruns de blanc pur ! Elle aimait par-dessus tout rester bien au chaud chez elle et contempler par la fenêtre les arbres tout blancs aux branches alourdies par la neige et les toits des voitures recouverts d'un épais glaçage blanc. C'était tellement beau, tellement féerique. En plus, elle adorait se rouler dans la neige, faire des boules, les lancer, faire des sculptures. Que la neige lui manquait ! Et que Noël serait triste sans elle ! « Ici Polly McDougall à la météo, qui vous annonce de la neige, de la neige, encore de la neige. »

Au moment où elle s'engageait dans la ruelle, Rex, le berger allemand de Rudy, aboya rageusement. L'écho lui répondit aussitôt : Brutus, l'épagneul des *punks*. Monsieur Kim se tenait sur le pas de la porte, défiant le vent froid en manches de chemise ; il examinait d'un air satisfait le carré de terre parfaitement égalisé où, pas plus tard que la veille, un trou avait été creusé. Qu'est-ce qu'il pouvait bien y avoir en dessous? De la lumière filtrait à travers les stores de la serre adjacente à la maison des Jumeaux. Une odeur d'humus, de plante verte et de fertilisant planait tout autour. Aux yeux de Polly, les Jumeaux n'étaient pas des suspects bien sérieux. Ils n'avaient jamais mis les pieds dans l'immeuble, du moins elle ne s'en souvenait pas. Les Kim, oui: ils étaient amis avec les Razi. Rudy, non. L'Épi, pas davantage.

Shawn lui avait rappelé que Thorn avait déjà occupé un studio au rez-de-chaussée, quand elle était toute petite.

Polly fit la revue des fenêtres et des balcons de l'immeuble. À part le siamois des Beamish juché sur la balustrade en fer forgé, l'endroit était désert. Se trouvait-il un voleur parmi les étudiantes en sciences infirmières, les autres étudiants, les Weinstein, les Clay, Isabelle, les McDougall, le concierge, les Razi et les DeCosta? Peu probable. Donc, et quoi qu'en pense l'inspecteur Anderson, ce n'était pas quelqu'un de l'intérieur. Polly revenait toujours à Thorn. Et à Arturo. Quelque chose ne cadrait pas avec lui, avec l'image qu'elle se faisait de lui.

Polly sortit l'enveloppe bleue et la glissa dans la boîte aux lettres des DeCosta. « Froussarde », se dit-elle. Pourquoi ne pas avoir remis le message en mains propres à madame DeCosta ? Quelque chose l'en empêchait. Quoi au juste ? Elle l'ignorait. Mais elle avait au moins une certitude : il fallait faire quelque chose pour Arturo et Rosalie. Et vite. Sentir qu'on n'avait pas confiance en elle lui était intolérable. C'était pire que d'être invisible. Bien pire.

MCDOUGALL ET CLAY, DÉTECTIVES

Le téléphone sonnait au moment où Polly entrait à la maison. Elle se précipita pour répondre.

— Allô? Allô?

Elle entendit un clic! puis plus rien.

« Bizarre, se dit Polly. Comme hier soir, quand Shawn a répondu. Voilà deux fois que la chose se produit. »

Bruit sourd à la porte. Polly sursauta et se retourna d'un bloc.

— Qui est là?

— Kyle.

Égal à lui-même et toujours aussi mal attifé.

— Le téléphone vient juste de sonner. J'ai répondu: il n'y avait personne au bout du fil.

Kyle secoua la tête tellement vite qu'il en perdit sa casquette.

— La même chose vient de nous arriver à nous aussi, dit-il sans entrer.

— Pourquoi est-ce qu'on reste pas ici? demanda Polly. J'aimerais noter ce qu'on a découvert jusqu'à maintenant, les nouveaux indices qu'on a trouvés.

— Moi aussi, mais pas ici, dit simplement Kyle.

Il s'empara de la vieille veste de Polly et la lui lança.

Polly haussa les épaules, attrapa le chapeau de Kyle, le lui lança à son tour et prit sa veste. Tout cela dans le silence le plus complet.

— Sapristi! Si devenir fantôme ça veut dire pas faire de bruit, tu es le champion toutes catégories, plaisanta Polly. Je suppose qu'on sort? C'est une autre mission pour McDougall et Clay?

— Désolé.

Kyle se rendit directement au fort. Arrivé près de l'arbre, il plongea la main dans un trou creusé par un écureuil et en sortit un bout de papier manifestement arraché d'un bloc-notes.

Polly l'examina attentivement.

— C'est quoi, ça? Un nouveau code? Tu

m'as fait sortir par un froid de canard rien que pour me montrer un nouveau code?

Ce n'était qu'une série de listes de numéros et d'initiales.

— Désolée, mais je pige pas, dit-elle en se grattant le menton. Sauf pour le papier. Ça ressemble à celui d'Isabelle.

Ils se tenaient épaule contre épaule, au beau milieu du stationnement brillamment éclairé. Près d'eux, le sapin clignotait sans arrêt. Ils escaladèrent l'échelle de corde. Une fois en haut, Kyle alluma sa lampe de poche et dirigea la lumière sur le bout de papier qu'il avait étalé sur l'une des caisses.

— Regarde-moi ça, dit-il en souriant.

— O.K. IA 204 555 0138, BB 101 555 2040. Attends une minute. Je pense que ça y est : c'est les initiales des locataires de l'immeuble, le numéro de leur appartement et ces chiffres-là, ça doit être leur numéro de téléphone.

Ils se dévisagèrent un instant.

— Il y a une marque rouge à côté des initiales d'Isabelle et une autre à côté de BB et de W — pour Weinstein, je suppose. Ce sont les appartements cambriolés.

— Les voleurs téléphonent pour vérifier si les occupants d'un appartement sont absents, poursuivit Kyle, tout excité. Quand il n'y a personne, ils s'amènent.

— En plein ça. Alors, il doit y avoir des empreintes digitales, fit Polly en sautillant sur place. Et puis c'est pas tout. À mon tour maintenant : Rosalie a collé un de mes lapins sur la couverture d'un de ses cahiers. Un lapin avec des oreilles brunes, exactement comme le lapin fantôme. Ce que j'arrive pas à comprendre, c'est où elle a trouvé le dessin. Qui le lui a donné ?

— C'était sur du papier d'artiste comme ça ? demanda Kyle. C'est plus fort que moi, je continue à penser que ces deux-là sont mêlés à l'affaire d'une façon ou d'une autre.

Les parents de Polly arrivaient en voiture, tout souriants, les bras chargés de sacs d'épicerie remplis à ras bord. C'est Jan qui dirigeait les opérations :

— Ted, rentre vite les petits paquets et cache-les dans l'armoire de notre chambre, murmura-t-elle. Les autres, on va les cacher dans...

Kyle inclina la tête et tendit l'oreille pour entendre.

— Il faut que je rentre, dit Polly. C'est à mon tour de mettre la table.

— O.K.

Kyle extirpa une poignée de graines de tournesol de sa poche.

— Demain, après l'école, on poursuit l'enquête.

— J'arrête pas de penser à Arturo. Il y a forcément quelqu'un qui lui bourre le crâne avec des idées fausses sur nous. Ou alors, c'est parce qu'on s'est pas occupés d'eux pendant trop longtemps. C'est l'un ou l'autre. Je m'en veux à mort d'avoir été aussi inconsciente. S'ils ont des ennuis...

— Il faut faire quelque chose, dit Kyle en mâchouillant ses graines. S'ils ont des ennuis, comme tu dis, tu penses que c'est de notre faute?

Il souleva la caisse pour ranger sa lampe de poche.

— Oh non! s'écria-t-il.

Il aurait reçu un coup de poing en plein ventre qu'il n'aurait pas réagi autrement. En un instant, Polly fut à ses côtés et regarda dans le coffre. Vide. Envolés les bandes dessinées et les livres de *Donjons et Dragons*, envolés les figurines, les dés et les cartes. Il ne restait plus rien. Rien qu'un bout de papier sur lequel était écrit en majuscules:

MÊLEZ-VOUS DE VOS OIGNONS, OU GARE À VOUS!

Ils se laissèrent tomber par terre, les mains enfouies au fond des poches, à cause du froid.

— Bon sang de bon sang de bon sang! murmurait Kyle.

— Ça m'enrage, fit Polly. J'aime pas ça du tout. Des messages comme ça, ça me rend folle. On a déjà vu ça quelque part, mais où?

— C'est une manœuvre d'intimidation.

— Une quoi?

Polly était perdue.

— Essayer de faire taire quelqu'un ou l'obliger à faire quelque chose de mal, c'est ça, une manœuvre d'intimidation. Thorn a déjà essayé de m'intimider, ajouta Kyle après un moment.

— Quand ça?

— Il y a deux semaines à peu près. J'étais au centre d'achats, fit-il en avalant péniblement sa salive. Il m'a pris dans un coin et m'a dit qu'il le dirait à mes parents que je passe des heures à la salle de jeux électroniques. Il a ajouté qu'il mettrait une note sur le tableau de bord de leur voiture.

— *Wow!*

— Il voulait que je lui donne les clés de tous les appartements, finit par avouer Kyle, la figure rouge comme une tomate. Il m'a dit qu'il avait laissé du matériel dans le sous-sol, il y a quelques années de ça, et qu'il voulait le récupérer.

— Et tu lui as donné les clés?

— Non.

— Qu'est-ce qu'il a fait? Il a prévenu tes parents?

— Non, c'est moi qui les ai prévenus, dit Kyle en baissant la tête. J'ai eu droit à un sermon d'au moins une demi-heure et pas d'argent de poche pendant une semaine.

— Kyle, te rends-tu compte à quel point c'est important, tout ça? éclata soudain Polly en assenant un coup de poing sur la caisse. Espèce d'idiot, de... carpe stupide, pourquoi ne pas me l'avoir dit plus tôt?

— Polly! Polly! appela sa mère de la galerie. Tu es dans le fort?

Polly se rua sur l'échelle et descendit.

— Polly, reprit sa mère au moment où ils s'attablaient devant un poulet chaud, j'ai rencontré les Weinstein au centre d'achats.

« Bon, ça y est », se dit Polly en se mordant les lèvres.

Son père avait l'air au courant de l'histoire, mais continua à mastiquer en silence.

— Les Weinstein m'ont dit qu'ils avaient interdit à Robin de se mêler de quelque façon que ce soit à tous ces vols et... aux enquêtes que Kyle et toi m'avez tout l'air de mener en ce moment.

Polly s'éclaircit la voix en jetant des regards désespérés vers son frère, comme s'il pouvait lui être d'un quelconque secours.

Shawn dévorait sa cuisse de poulet sans un regard pour Polly. Son père déposa sa fourchette.

— La police fait très bien son travail, Polly, poursuivit Jan. Ils n'ont absolument pas besoin que des enfants viennent se mêler de leurs affaires. Te rends-tu compte à quel point ces voleurs-là peuvent être dangereux? Ce n'est pas un jeu, Polly.

— Avez-vous découvert quelque chose? demanda Shawn.

— Là n'est pas la question, Shawn, intervint Jan en fronçant les sourcils.

Polly prit une gorgée de lait, le temps de trouver quoi dire. Elle n'avait pas l'intention de contrarier sa mère, mais elle avait encore moins l'intention d'abandonner au moment précis où leurs recherches étaient sur le point d'aboutir.

— On fait rien de spécial, maman, finit par dire Polly en lissant nerveusement son jean. Kyle et moi, on fait juste réfléchir à certaines choses, on pose des questions... Par exemple, comment Rosalie DeCosta a fait pour se procurer son lapin, le lapin que j'ai dessiné, je veux dire. On prend des notes aussi.

— Une vraie petite Agatha Christie, railla son frère. Et Kyle dans tout ça? Il fait Sherlock Holmes, je suppose? Une carpe qui se prend pour Sherlock Holmes! C'est trop pour moi. De grâce, laissez-moi respirer.

— Et vous avez découvert quelque chose? s'enquit son père.

— La question n'est pas là, Ted, répéta Jan. La question, c'est Polly. C'est une enfant et on pourrait s'en prendre à elle.

Shawn interrompit son geste, le front plissé.

— Pas si enfant que ça, maman.

— Puis, à part ça, Thorn n'a pas été correct avec nous, ajouta Polly. Il faudrait peut-être se demander pourquoi.

— Je veux que tu me promettes de ne pas mettre ton nez dans les affaires des autres, reprit fermement sa mère.

Elle se tenait debout près de la table, attendant une réponse. La bouilloire se mit à siffler.

— Mais on fait rien de dangereux, protesta faiblement Polly.

— Promis?

Polly courba la tête sur son assiette :

— Promis. Je peux me lever de table, à présent ? Il faut que j'aille promener George.

Elle fouilla dans sa poche : les deux dépliants étaient toujours là.

— Il me semble que j'ai la tête sur les épaules, dit-elle encore en refoulant ses larmes.

Elle leur tourna le dos et se dirigea vers la porte :

— Je suis plus une enfant, je suis en sixième année, au cas où vous l'auriez oublié.

Mais elle était déjà dans le vestibule et personne n'entendit sa dernière phrase.

À quoi ça servait de leur dire tout ça ? Elle avait beau grandir, sa mère la voyait toujours comme une enfant. « Je suis peut-être réellement invisible, après tout, se dit-elle en longeant le corridor. Mais ça m'intéresse pas du tout d'être invisible. Pas du tout. »

Shawn surgit derrière elle, chargé de son équipement de hockey.

— Et alors, tu as découvert quelque chose ou pas ?

Polly se retourna vers son frère. Depuis qu'il était au secondaire et surtout depuis qu'il commençait à se faire une réputation comme joueur de hockey, elle et lui avaient emprunté des chemins différents. Polly croyait dur comme fer que Shawn voulait qu'il en soit ainsi.

— Écoute Pol, l'autre jour je me suis rappelé comment c'était en sixième année. Pas facile, je te l'accorde, dit-il en haussant les épaules. Maman a peur qu'on vieillisse, on dirait. Elle voit pas à quel point tu as grandi, parce qu'elle veut pas le voir, c'est aussi simple que ça.

Il se tenait devant elle, gauche et mal à l'aise, et tripotait la fermeture éclair de son blouson.

Polly le mit au courant de leurs découvertes.

— Thorn était dans les *midgets* quand j'étais encore un *pee wee*. Un sacré bon défenseur, il faut lui donner ça. Mais c'était un *bum*, même à cette époque-là, un *bum* qui prenait un coup, à part ça. Tu savais que Rudy, c'est son oncle? ajouta Shawn en poussant la porte. Je pense que Thorn a déjà été en prison à cause d'un vol à l'étalage.

— Qu'est-ce qu'on peut faire? demanda Polly. Soupçonner quelqu'un, c'est une chose. Avoir des preuves, c'est autre chose. Kyle a reçu des menaces, mais je suis sûre qu'il est pas près d'abandonner la partie. Moi non plus, je veux pas abandonner, mais j'ai promis.

— Eh ben... il me semble que tu mets pas

vraiment ton nez dans les affaires des autres, non? Ce serait plutôt le contraire : c'est ton lapin que Rosalie a pris, non? Si jamais tu as besoin d'aide, dis-le-moi, O.K.? À mon avis, Kyle et toi, vous êtes pas très loin de la solution. C'est pas pour rien qu'on lui a volé toutes ses affaires.

Il partit au pas de course.

George était sur la galerie. Il se mit à japper en apercevant Polly. « Bon, j'étais encore en train de l'oublier, celui-là, se dit-elle. Pas étonnant que maman me traite d'inconsciente. Oublier George! »

Elle rentra et se hâta d'aller chercher le chien, l'ami doux et sûr qui lui resterait fidèle jusqu'à la fin des temps. De ça, au moins, elle était certaine.

OH NON ! GEORGE ! PAS TOI !

George l'attendait à la porte de l'appartement. Polly attacha la laisse au collier du chien, un collier bleu vif auquel on avait accroché deux petites plaques qui cliquetaient joyeusement chaque fois que l'animal bougeait — l'une était une plaque d'identité, l'autre certifiait que le chien avait été vacciné contre la rage.

— Ça va, Polly?

Polly fit oui de la tête.

— Le calme est revenu, on dirait, fit Isabelle en sirotant son café.

C'était l'heure des nouvelles à la radio.

Polly serra l'héliotrope entre ses doigts.

— Kyle et moi, on essaie d'identifier les voleurs. Ma mère dit qu'on devrait pas se mêler des affaires des autres... Mon frère m'a offert son aide.

— Sois prudente, Polly, dit simplement Isabelle.

LA POLICE DEMANDE INSTAMMENT À LA POPULATION DE VERROUILLER LES PORTIÈRES DES VOITURES, déclara le journaliste. *LA SÉRIE DE VOLS COMMIS RÉCEMMENT DANS LA RÉGION DOIT INCITER LES CITOYENS À LA PLUS GRANDE PRUDENCE. NE LAISSEZ AUCUN OBJET DANS VOTRE VOITURE. AVANT DE QUITTER LA MAISON, ASSUREZ-VOUS QUE LES FENÊTRES SONT BIEN FERMÉES ET QUE LES PORTES DE LA MAISON, DE L'APPARTEMENT ET DU GARAGE SONT VERROUILLÉES.*

Polly écoutait sans broncher.

POUR COMMUNIQUER TOUTE INFORMATION À LA POLICE, COMPOSEZ LE 555-8477. ET RAPPELEZ-VOUS QUE LA PRUDENCE EST DE MISE: LES VOLEURS SONT SANS DOUTE DANGEREUX ET ARMÉS.

Le bulletin de nouvelles n'était pas terminé que Polly était déjà dans l'escalier, tirée par un George pressé de sortir.

Dehors, ça brillait partout: lumières de la rue, lumières des maisons, lumières de Noël. Il y en avait dans les arbres, autour des balcons, des étoiles bleues, vertes, rouges et jaunes qui empêchaient l'obscurité de s'installer complètement. Au loin, on entendait des cantiques de Noël : la chorale répétait à l'église pour la nuit de Noël. Cette nuit-là n'avait rien de redoutable, songea Polly. Mais l'avertissement de sa mère et celui de l'annonceur à la radio étaient sérieux et Polly se hâta vers le parc en empruntant la rue la plus achalandée plutôt que la ruelle, habituellement déserte à cette heure. George la précédait en tirant ; il reniflait chaque tronc d'arbre comme s'il y avait un trésor caché dessous.

Une voiture noire arriva à la hauteur de Polly. Elle tira sur la laisse de George qui s'assit sagement à ses côtés.

L'inspecteur Mills baissa la vitre :

— Je ne voulais surtout pas te faire peur, Polly.

Ses boucles d'oreilles — des perles — oscillaient au-dessus de ses épaules. Elle ne ressemblait pas du tout à sa voix : beaucoup plus douce, plus détendue que ce que la voix annonçait. C'était peut-être un air qu'elle se donnait, se dit Polly, l'air d'une femme d'affaires.

Polly lui rendit son sourire. Ça la rassurait de voir l'inspecteur Mills. Elle se voyait mal en train de joindre le poste de police au téléphone. D'ailleurs, elle détestait les téléphones. Elle préférait voir son interlocuteur en face, voir son expression, ses yeux.

— On se demandait justement si toi ou tes amis aviez du nouveau. Si vous aviez vu ou entendu quelque chose.

L'inspecteur Mills sortit de la voiture et s'appuya nonchalamment contre la porte. George ne la quittait pas des yeux.

— Si les chiens pouvaient parler, dit-elle, ils seraient d'une aide précieuse.

— Kyle a découvert quelque chose.

Polly lui parla de la liste — celle où figuraient les initiales et les numéros des locataires — et des objets qu'on avait volés à Kyle.

— Est-ce que la police peut relever des empreintes digitales sur du papier? demanda-t-elle.

Mills ignora la question.

— Pourquoi dans un arbre? murmura-t-elle, songeuse.

— On s'est demandé si un des voleurs était pas chargé de téléphoner aux locataires et de cocher d'un trait rouge les appartements dont les occupants étaient absents. Après ça, il remettait la liste dans l'arbre.

— Possible.

— On devrait peut-être remettre la liste à sa place et surveiller les environs.

— Faire surveiller, tu veux dire.

— Faire surveiller, oui, rectifia Polly en souriant.

Après une certaine hésitation, elle montra la carte à l'inspecteur Mills.

— Beau travail, dis donc. Kyle et toi, vous voulez vous enrôler dans la police? la taquina Mills.

Le téléphone cellulaire sonna. George se hissa sur ses pattes de derrière et regarda à l'intérieur de la voiture, son haleine embuant toute la vitre. Ses jappements firent écho à la sonnerie du téléphone et le chien se laissa tomber par terre quand l'inspecteur ouvrit la porte.

— Merci pour le tuyau. On va aller voir Kyle dès qu'on en aura terminé avec cet appel.

L'inspecteur Mills s'empara du combiné, murmura quelques mots et plaqua l'appareil contre elle :

— Sois prudente, Polly. Et ne prends pas de risque, d'accord ?

La voiture s'éloigna peu après et Polly courut jusqu'au parc avec George. Enfin ! Elle avait dit à la police tout ce qu'elle savait. À eux d'agir, à présent. À moins qu'elle et Kyle découvrent encore autre chose et finissent par être élus « plus fins limiers de toute la 9e Rue ». Ils auraient peut-être droit à une récompense de la brigade criminelle. Elle pourrait enfin s'acheter un chevalet et un tabouret comme celui d'Isabelle.

En arrivant au parc, Polly détacha le chien qui partit comme une flèche, puis s'amusa un moment à courir après sa queue avant de disparaître dans les buissons.

Un petit avion survola le parc presque au ras des arbres. Polly apercevait le visage des passagers à travers les hublots. Un jour, elle voyagerait, elle aussi, elle monterait très haut au-dessus des nuages, pas dans un pays comme celui d'Arturo et de Rosalie, pas dans un pays où les gens ne sont pas en sécurité et où il est impossible de se faire confiance. Non. À moins évidemment qu'une fois grande, l'invisible Polly McDougall se découvre une vocation d'héroïne, une vocation qui lui donnerait envie de risquer sa vie pour les autres. Ce n'était pas demain la veille. Elle voulait bien aider, mais ne savait trop comment s'y prendre. Mieux valait y aller mollo, commencer par de petites choses. De petites choses pour des enfants.

Demander à Rosalie de l'accompagner à l'église pour la fête de Noël, par exemple ; après les cantiques, on pourrait s'arranger pour que Rosalie reçoive un cadeau du père Noël. Mais d'abord : parler à Arturo, sous n'importe quel prétexte. Le tout était de gagner sa confiance. Après, ça irait tout seul.

George commençait à se fatiguer. Il continua un moment à trotter et à renifler partout, puis vint s'asseoir en face de Polly en remuant la queue.

— Si tu t'imagines que je vais jouer avec toi, mon vieux, tu te trompes. Il fait bien trop froid.

Polly se leva néanmoins, ramassa un bout de bois et le lança. Elle entendit le bruit d'une sirène au loin. « La police », songea-t-elle. Quelques secondes plus tard, une voiture bleu et blanc passa près d'eux à toute vitesse.

— Comme le disait l'inspecteur Mills, dommage que tu puisses pas parler, George. Tu les as vus les voleurs, toi.

George se tenait devant elle, le bout de bois dans la gueule, en équilibre instable sur ses pattes de derrière, prêt à bondir. Il finit par laisser tomber le bâton aux pieds de Polly.

Polly le lui relança plusieurs fois de suite, en caressant le chien chaque fois qu'il rapportait le bâton et le laissait tomber à ses pieds. Au dernier coup, le chien se lassa et revint vers Polly en grognant et en agitant la queue, pour bien lui signifier que le jeu ne l'amusait plus du tout. « Aussi renfrogné qu'un enfant », se dit Polly. Elle éclata d'un rire sonore, ébouriffa la tête de l'animal et caressa ses longues oreilles froides. « Parfaite, se dit-elle. Dans le rôle de Polly-la-super-entraîneuse-de-chiens, je suis absolument parfaite. »

Elle lança le bout de bois en direction des buissons. Il atterrit dans le petit sentier qui reliait les deux cours de l'école. Le chien bondit et, le mufle collé au sol, renifla chaque centimètre de terre à la recherche du précieux bâton.

— Il est là, idiot, sous ton nez, cria Polly en courant derrière lui.

Le chien mâchouillait quelque chose en se léchant les babines. Il secoua la tête plusieurs fois et s'éloigna.

— Des ordures, ça se mange pas, triple idiot.

Polly le rattrapa, attacha la laisse et tira le chien en arrière.

— O.K., ça suffit maintenant, espèce de charognard.

— Tu parles toute seule à présent ?

Polly sursauta. Kyle débouchait du sentier en poussant sa bicyclette.

— J'ai rencontré l'inspecteur Mills, lui dit Polly. Je l'ai épatée avec nos découvertes. Elle a bien aimé la carte, aussi.

Ils cheminèrent tous les trois côte à côte, Kyle poussant son vélo, George gambadant entre eux.

— Tu as une idée de ce que les Kim ont enterré dans leur cour? demanda Polly. C'est peut-être de la marijuana, du hash, de la drogue. Ou une autre saloperie.

— Peut-être tout simplement des bulbes pour le printemps prochain.

— Dans un trou aussi gros?

— À ta place, je m'en ferais pas trop pour eux, répondit Kyle. Ça fait des années qu'on les connaît. Et en plus, ils font des pommes dans le sirop. Extraordinaires, les pommes! Non, moi, celui qui m'inquiète, c'est Arturo. Il faut absolument qu'on lui parle.

— On pourrait l'inviter au fort, fit Polly en soupirant. Lui et Rosalie. Peut-être que si on lui fait découvrir le fort, il va prendre ça pour une marque de confiance. Je peux pas croire qu'il ait dit à Rosalie de pas nous parler.

Polly sentit une légère secousse au bout de la laisse. George s'affaissa sur le trottoir, juste en face de l'immeuble. Il ramena ses pattes sous lui, remua doucement en se balançant d'avant en arrière, mais sans pouvoir se relever. Il essaya une fois encore, mais son corps refusa tout net de bouger. Sa queue tomba, inerte. Il tourna vers Polly un regard vitreux.

— Allez, vieux paresseux, on est presque rendus. C'est pas le moment d'abandonner.

Polly s'accroupit à côté du chien. Tout à coup, elle comprit. Le sang lui monta à la tête et, pendant un bref instant, elle refusa d'y croire : les pattes du chien se raidirent et ses yeux se révulsèrent. Elle toucha son nez : sec. Le cœur de Polly se mit à battre la chamade :

— Vite ! George fait une crise.

Mais Kyle courait déjà, comme si un fantôme l'avait pris en chasse.

— Oh non, George ! Qu'est-ce qui t'arrive, mon vieux ?

Polly sentait le sang battre à ses tempes. Les yeux de l'animal la fixaient sans la voir, comme à distance, tandis que la gueule se serrait de plus en plus et qu'une écume blanchâtre se formait aux commissures des babines. Il resta là, sans pouvoir bouger, mais le corps agité de soubresauts, aussi lourd qu'un paquet de ciment. Polly, elle, ne savait plus où donner de la tête. Courir, pour appeler au secours. Rester, pour protéger l'animal.

— Du poison, marmonnait-elle. C'est ça. Tu as été empoisonné par les bandits parce que tu es le seul témoin.

Kyle revint en courant avec Isabelle. Après un bref coup d'œil, Isabelle souleva le chien et, avec l'aide de Kyle, le transporta à l'intérieur.

Kyle resta dans le hall avec George, le

temps qu'Isabelle monte chez elle pour téléphoner à la vétérinaire.

Après avoir échangé quelques mots avec
elle, Isabelle reposa le combiné, le teint livide.

— Elle a peur que ce soit un empoisonnement à la strychnine. Il faut faire vite, Polly.
C'est peut-être déjà trop tard. Qu'est-ce qu'il a
mangé ?

Polly secoua la tête, courut jusque chez
elle, passa la tête dans la porte et hurla
quelques mots à ses parents. Elle rattrapa
Isabelle dans l'escalier.

— On va le sauver, je vous le promets, dit-
elle, tout essoufflée.

Elle l'espérait, plus qu'elle n'y croyait.

Isabelle et Kyle installèrent George sur la
banquette arrière de la voiture, sa tête reposant
sur les genoux de Polly.

— Attachez vos ceintures, les enfants,
ordonna Isabelle.

La voiture démarra tellement vite que le
gravier crépita sous les pneus comme des
balles de plomb.

À l'intérieur de la voiture, c'était le silence
total. Kyle avait le cou tordu à force de
regarder en arrière.

— Il respire encore, dit Polly.

Ses yeux se remplirent de larmes. Mon Dieu, ne le laissez pas mourir. Elle sentit un début de colère monter en elle.

— Quand je pense qu'ils ont essayé de l'empoisonner, sanglota-t-elle. Le seul témoin qu'on avait.

Isabelle la regarda dans le rétroviseur.

— Je ne pense pas, dit-elle. Comment est-ce qu'ils auraient su où déposer le poison ? Ce parc-là est le royaume des chats et des chiens. Il y en a tout plein.

— Peut-être dans sa nourriture, suggéra Kyle.

— Je n'ai pas quitté l'appartement de tout l'après-midi, répondit Isabelle. Et de toute façon, la vétérinaire dit que la strychnine est un poison qui agit très vite.

Polly étouffa un nouveau sanglot.

— Bon, il pleut. Ça fait des jours qu'il n'est pas tombé la moindre goutte d'eau et à présent c'est le déluge, dit Isabelle.

Elle stationna la voiture en face de la clinique. Une jeune femme en sarrau blanc vint à leur rencontre.

— Vite ! Étendez-le sur la table d'examen, dit-elle.

Polly tremblait comme une feuille quand Isabelle et Kyle soulevèrent doucement George pour le transporter à l'intérieur. Polly interrogea Kyle du regard.

— Laisse-moi faire, Polly. Je tiens à le faire, lui dit simplement Kyle.

Le ton était aussi ferme que la façon dont il prit George à bras-le-corps. Polly le fixait toujours. L'espace d'un instant, elle vit un tout autre garçon, un jeune homme peut-être, ou l'homme qu'il serait plus tard. Elle le laissa emporter le corps inerte de l'animal.

Elle leur ouvrit la porte de la clinique. Les murs de la salle d'attente étaient recouverts de portraits de chats, de chiens et d'oiseaux. Isabelle et Kyle disparurent aussitôt derrière une porte verte que leur indiqua la vétérinaire. Polly commença à arpenter la petite salle dans laquelle flottaient diverses odeurs de désinfectant et de shampooing pour chiens. Son attention fut attirée par un perroquet émeraude qui se mit à marmotter dans sa cage décorée de grelots.

— Polly veut un biscuit ?

— Comment ça se fait que tu connais mon nom ? soupira Polly.

La porte verte restait obstinément close. Polly s'installa dans l'une des chaises de vinyle orange alignées contre le mur.

— Non, j'en veux pas de biscuit.

— Polly veut un biscuit ?

Polly leva les yeux vers l'oiseau qui s'affairait sans relâche.

— Alors, tu t'appelles Polly, toi aussi ?

— Jolie Polly, jolie Polly, superdouée, superdouée.

— Tu parles !

— Polly veut un biscuit ?

— Ça doit être ça : on a dû donner des biscuits à George pour l'empêcher de japper pendant qu'on volait Isabelle. George les adore. Les graines de tournesol aussi ; Kyle lui en donne souvent. Sans parler des biscuits au chocolat qu'Arturo lui fait manger. Pas étonnant que George soit aussi gras.

— T'es un perroquet, non ? T'es un perroquet, non ? répétait l'oiseau.

La porte s'ouvrit enfin. Isabelle et Kyle sortirent de la salle d'examen. Sans George. Polly se leva d'un bond, la bouche grande ouverte sans qu'aucun son n'en sorte. Elle avait trop peur de dire, demander ou espérer quelque chose.

— Ils lui ont fait un lavage d'estomac, proféra seulement Isabelle en se laissant tomber sur une chaise.

Elle prit un mouchoir dans son sac et poussa un profond soupir.

— C'était vraiment de la strychnine, dit Kyle en s'assoyant à côté d'Isabelle.

— Comment va-t-il? murmura Polly.

— Ils le gardent en observation pour la nuit, répondit Isabelle en se tamponnant les yeux.

Elle remit le mouchoir dans son sac, se leva et fit quelques pas dans la pièce en direction du petit arbre de Noël squelettique qui ornait l'un des coins — des friandises pour chiens et chats lui tenaient lieu de décorations.

— Mon vieil ami, murmura-t-elle. Il se peut que je le perde.

— T'es un perroquet, non?

— Allons-nous-en d'ici, fit Kyle en ouvrant la porte.

Un courant d'air frais s'insinua dans la pièce.

— Ça sent la neige, dit Isabelle.

Elle ramena les pans de son manteau vers elle, saisit son sac et sortit. Polly prit place à l'avant de la voiture, Kyle à l'arrière.

Le trajet de retour fut assez long. Isabelle roulait lentement, ses mains fermement agrippées au volant, comme pour en effacer le tremblement; la veine bleue de son cou battait tout doucement.

— Il va s'en remettre, hein?

— J'aimerais ça avoir un chien, dit Kyle. Quelqu'un à qui parler. Peut-être que si j'avais un chien comme George, je...

Sa voix se brisa. Isabelle s'arrêta à un feu rouge.

— Kyle, si jamais George guérit, viens le voir aussi souvent que tu le veux, dit-elle d'une voix rauque.

Une larme roula sur sa joue.

— Vous êtes fantastiques, les enfants.

Polly se mordit les lèvres. Kyle traça des cercles et des figures sur la vitre embuée.

— Je suis sûre que les renseignements que tu as donnés à la vétérinaire vont lui être d'un précieux secours, Kyle.

Isabelle tourna dans la 9e Rue.

— Je suis heureuse que tu aies parlé, tu sais.

Polly se tourna vers Kyle qui dessinait toujours sur la vitre. Cela faisait des heures qu'elle n'avait pas dessiné. Elle n'avait même pas eu le temps d'y penser. Qu'est-ce que Kyle avait pu leur raconter? Isabelle la vit froncer les sourcils et la mit au courant:

— Kyle a dit à la vétérinaire qu'il y avait un commerce de drogue près de chez nous. Il pense qu'il y a des jeunes qui achètent de la drogue dans le parc. La vétérinaire va faire des tests pour vérifier si George n'aurait pas été drogué. Une surdose peut-être. C'est important ça, Kyle. Je suis vraiment contente que tu lui aies dit tout ça.

Polly secouait lentement la tête. Elle n'en revenait tout simplement pas : Kyle parler à une pure étrangère ? Kyle au courant d'un problème dont elle ne soupçonnait même pas l'existence ? Comme le disait si bien Robin, cette carpe-là renfermait plus de secrets que la GRC elle-même.

Kyle haussa les épaules comme si l'affaire était sans importance :

— J'ai seulement pensé qu'elle pourrait trouver plus vite un antidote si elle savait ce que George avait mangé.

Des adolescents, des motards, Polly en avait vus. Et souvent. Dans le parc et autour. Mais ses dessins l'absorbaient entièrement. Pas une minute, elle ne s'était demandé ce qu'ils faisaient là.

— Et les résultats de l'examen... on va les avoir quand ? demanda Polly.

— Demain. S'il est toujours en vie, ajouta Isabelle, la voix cassée.

— La question est la suivante, commença Kyle. Est-ce que toute cette histoire a un quelconque rapport avec les vols ? C'est peut-être une fausse piste.

— Une fausse piste? demanda Polly.

Isabelle stationna la voiture.

— Dans presque tous les romans policiers, expliqua Kyle, il y a un ou deux indices qui se révèlent faux par la suite. C'est ça, une fausse piste.

— On n'est pas dans un roman, idiot! lui cria Polly. On est dans la vraie vie, au cas où tu t'en serais pas aperçu. Dans la vraie vie, avec un chien vivant. Un chien vivant qui pourrait bien mourir!

Elle éclata en sanglots et rentra chez elle en courant.

10

GROSSE JOURNÉE !

Polly se réveilla en sursaut avec l'image de George dans la tête. Elle avait la gorge sèche et les jambes molles. Elle resta étendue quelques instants en pensant à ses parents. Elle avait envie de les réveiller, de leur dire quelle horrible nuit elle venait de passer et à quel point elle était malheureuse. Comme quand elle était petite et qu'elle faisait des cauchemars. Mais elle était grande, à présent. Bien trop grande pour ennuyer ses parents avec ses peurs. Elle se recroquevilla dans son lit et soupira. Puis elle s'étira les jambes, remonta les couvertures sur son menton, écouta un instant la rumeur de la ville et sombra dans un sommeil peuplé de rêves.

Isabelle et George étaient dans une grande pièce toute blanche. Isabelle tenait un bol rempli de friandises pour George, mais chaque fois que le chien accourait vers elle, le bol se volatilisait. Polly essayait en vain de pénétrer dans la pièce, elle avait l'impression de nager à contre-courant et ses bras lui faisaient mal. Elle était derrière un épais panneau de verre et tentait désespérément d'écrire à Isabelle pour lui dire quoi faire. Il y avait un énorme bloc-notes qui prenait toute la place, mais elle avait beau écrire, les crayons ne laissaient aucune trace. Elle se mit à pleurer tout doucement, puis de plus en plus fort, et elle se réveilla, tout en sueur.

Elle ouvrit les yeux. Les couvertures étaient enroulées autour d'elle et les deux boutons du haut de son pyjama étaient détachés. Elle se leva, se dirigea à pas feutrés vers la salle de bain, revint dans sa chambre et s'habilla. Elle brossa rapidement sa tignasse et mit le cap, toujours sur la pointe des pieds, vers la cuisine.

Il n'était que sept heures. Polly tendit l'oreille : un silence total régnait dans tout l'appartement, un silence seulement rompu par les battements de son propre cœur. George. Il fallait à tout prix découvrir qui avait fait ça. Polly caressa l'héliotrope en espérant que la douleur qui lui tenaillait le ventre finirait par lâcher prise. Elle avait le sentiment d'être une incapable, un échec ambulant. On ne pouvait compter sur elle ni en matière de clés, ni en matière de chiens ou de quoi que ce soit. Sa mère avait peut-être raison après tout : elle n'était qu'une enfant, rien que ça.

Elle endossa sa grosse veste, mit ses gants et sa tuque, et sortit sur la terrasse glacée où trônaient encore le barbecue, les bicyclettes cadenassées, les chaises pliantes et une grosse boîte remplie de pots à fleurs vides. Les lumières de Noël clignotaient toujours autour de la balustrade. Elle s'en approcha et jeta un coup d'œil en bas, vers la ruelle et le stationnement : la voiture d'Isabelle avait disparu.

Mystère.

Surgi de nulle part, le lapin fantôme longea un moment la ruelle et alla s'asseoir au pied du saule, prudent, alerte et à l'affût. Seul, lui aussi, comme Polly. Mais visible néanmoins ; dans toute cette histoire, ni l'un ni l'autre n'étaient invisibles. Mais alertes, ça oui. Il le fallait bien. Alertes, à l'affût et prêts à bondir.

La tête dissimulée sous une énorme tuque, Thorn apparut entre l'immeuble et la maison des Jumeaux. Il était vêtu d'un paletot très sombre et trimballait un grand sac rempli à craquer. Qu'est-ce qu'il fichait là à une heure aussi matinale ?

Le silence fut rompu par le bruit d'une voiture qui tournait au coin de la ruelle. Le lapin se redressa, scruta les alentours et courut jusqu'à la maison des Jumeaux en bondissant à travers un trou de la clôture. Thorn emprunta la ruelle et disparut. La voiture d'Isabelle apparut au moment précis où Jan sortait pour faire son jogging. Polly allait envoyer la main à Isabelle et lui demander des nouvelles quand elle vit sa mère s'approcher de la voiture.

— Vous avez du nouveau? demanda-t-elle en s'appuyant sur la portière de la voiture pour faire ses exercices d'élongation. À propos de George, je veux dire.

— Je n'arrivais pas à dormir, alors je suis sortie, répondit Isabelle.

Son sourire, visible même à distance, illumina l'univers entier et Polly se sentit momentanément rassérénée.

— Il va s'en sortir, poursuivit Isabelle. Il va sans doute roupiller une bonne semaine, mais il est hors de danger. Je vais le chercher cet après-midi. Il a une constitution du tonnerre, a dit la vétérinaire.

— Polly en est toute chamboulée.

— Tout le portrait de sa mère, plaisanta Isabelle. Responsable de tout et coupable de tout. C'est arrivé, c'est tout, elle n'y est pour rien. Il faut plutôt les remercier, elle et Kyle. Si George est sauvé, c'est grâce à leur rapidité.

Jan interrompit ses exercices.

— C'est bizarre que vous parliez de responsabilité. Polly nous a dit la même chose, hier soir, avant d'aller chercher George. Elle a l'air de penser qu'on ne la croit pas responsable, Ted et moi.

— Dans mon temps, dit Isabelle, c'était les élèves de sixième année que je préférais.

Polly tendit l'oreille un peu plus.

— J'adorais leur enseigner. Oh, bien sûr, il y en a qui jouent les durs, mais c'est extraordinaire de les voir se développer, apprendre à voler de leurs propres ailes, s'interroger sur eux-mêmes. C'est un âge absolument captivant. Polly et Kyle, par exemple, eh bien, on peut déjà voir quel genre d'adultes ils feront et on peut les aider à devenir ce qu'ils doivent être. Il suffit d'être là, de se rendre disponible pour eux. C'est absolument fascinant : l'adulte est déjà là en puissance, comme une ombre derrière eux. Je ne me fais pas très bien comprendre, je le sais, mais ce que je veux vous dire, c'est que leur enseigner a été pour moi un vif plaisir et une très grande source de satisfaction.

Jan joggait sur place pour se réchauffer.

— Je ne suis pas très bonne avec les jeunes. C'est difficile d'avoir le dernier mot avec eux et j'aime bien avoir le dernier mot. Ted me taquine souvent à ce sujet, d'ailleurs. Je suis plus à l'aise avec les tout-petits, les bébés. Polly était une enfant extraordinaire.

Elle baissa les yeux et aperçut quelque

chose par terre : un petit rectangle vert. Elle se pencha pour le ramasser.

— Tiens donc ! C'est bizarre, une carte de crédit. Un peu amochée, on dirait, avec tout un côté rongé. Elle a dû tomber des poubelles et être poussée jusqu'ici par le vent.

Polly se rappela les paroles de Shawn, à propos des cartes de crédit que les voleurs utilisent pour s'introduire chez les gens. Shawn, que l'inspecteur Anderson avait interrompu, d'ailleurs. La camionnette du *Journal* pénétra dans le stationnement. Quelqu'un déposa une pile de journaux par terre. Un des étudiants qui habitaient l'immeuble les ramassa, les fourra dans l'immense sac marqué au nom du journal qu'il portait en bandoulière et commença la distribution. Tout à coup, Polly comprit. Elle vit, comme dans un éclair, une scène semblable : un sac de toile marqué au même nom, un sac porté en bandoulière, mais pas sur la bonne épaule, par quelqu'un qui ne suit pas d'itinéraire précis et qui ne sait donc pas de quel côté il doit lancer les journaux. Le sac idéal pour transporter des petits objets volés, quoi ! Sapristi ! C'est fou ce qu'elle découvrait rien qu'en restant là, à observer, sur la terrasse, à l'abri des regards. Toutes les heures passées à chercher des indices n'avaient jamais donné autant de résultats. Vite ! Il fallait le dire à Kyle.

Un vent glacial s'était levé. Isabelle frissonna.

— On cause, on cause, et vous êtes en train de geler sur place, Jan. Désolée de vous avoir retenue aussi longtemps. Que voulez-vous, j'aime bien parler. La solitude, je suppose. Ou le fait que je sois inquiète à cause de George. C'est tout de même bon d'avoir des voisins.

Isabelle prit ses provisions et sortit de la voiture.

— Je reste à la maison aujourd'hui pour faire ma popote de Noël.

Jan et Isabelle se rapprochèrent de l'entrée et Polly les perdit de vue.

— Pourquoi ne pas venir prendre un café vers onze heures? Vous pourriez goûter à un de mes gâteaux.

Polly abandonna son poste d'observation, rentra dans l'appartement, se débarrassa prestement de sa veste et la fourra dans la penderie. Elle se rua dans la salle de bain et referma la porte. Une fois déshabillée — ses vêtements en tas abandonnés par terre —, elle entra dans la douche et laissa l'eau couler longuement sur elle.

« George est hors de danger, George est hors de danger, se répétait-elle, heureuse.

Isabelle adore les jeunes de sixième année, et je suis en sixième année. » Elle songea un moment à retourner se blottir dans son lit pour reprendre le sommeil perdu, mais on était jeudi, jour du concert. C'était aussi le jour où elle et Kyle allaient parler à Arturo, lui offrir leur aide. Polly croyait savoir à présent comment les vols avaient été perpétrés. Mais où étaient les objets volés ? C'était une autre question. Et seule, sans doute, l'inspecteur Mills serait en mesure d'y répondre.

Sous le coup de l'enthousiasme, Polly se mit à chanter. Haut et fort. Un cantique de Noël où il était question de Noëls tout blancs, aussi blancs que ceux qu'elle avait connus jadis.

— La ferme ! lui cria Shawn de sa chambre.

— Le déjeuner est servi, cria sa mère.

***

Le temps qu'elle se sèche, s'habille et se coiffe, les autres étaient déjà passés à table et engouffraient œufs et bacon avec un appétit manifeste.

— Grosse journée aujourd'hui, hein ?

Ted donna une chiquenaude sur le grille-pain et quatre tranches de pain de blé entier atterrirent au beau milieu de la table.

— Au magasin, c'est la folie furieuse à cause des ventes de Noël. Ici, c'est la folie furieuse aussi, votre mère va passer la journée dans ses casseroles. Et pour Shawn, ce soir, c'est LA grande partie.

Il fit une pause, le temps de beurrer sa rôtie.

— Quant à Polly, c'est encore pire : enquêtes sur des criminels dangereux, concert à l'école et visite à un grand malade. À propos, Isabelle te fait dire que, pour les promenades, George va faire relâche pendant quelques jours.

— Il va bien, Polly, dit Jan.

Elle délaissa la plaque à pâtisserie qu'elle était en train de huiler pour venir derrière la chaise de Polly ; elle se pencha sur sa fille, l'entoura de ses bras et l'embrassa affectueusement.

Polly sentit les larmes monter, monter et stopper à l'extrême limite des cils, comme si un fleuve entier était enfermé là, freiné dans son cours par un épais barrage. Décidément, l'accident de George l'avait chamboulée plus qu'elle n'aurait cru ! Elle avait du mal à se reconnaître : toujours en alerte, sur le qui-vive avec, au ventre, la peur d'une autre catastrophe.

Shawn desservait la table et empilait les assiettes sales sans quitter sa sœur des yeux.

— Isabelle a l'air convaincue que vous avez sauvé la vie de George, Kyle et toi, dit-il en se raclant la gorge. Rapidité, efficacité et responsabilité. Bravo !

Jan était retournée près du comptoir et préparait un gâteau au beurre d'arachide pendant que Ted remplissait le lave-vaisselle. Pendant une minute ou deux, le silence régna dans la pièce. Polly jouait dans son assiette avec son couteau, le bacon d'un côté, les œufs de l'autre. Elle ne trouvait rien à dire. Pire, elle avait peur d'éclater en sanglots si elle ouvrait la bouche. En haut, Kyle faisait ses gammes ; les notes coulaient, fluides, traversaient les murs, le plancher, et cela la rasséréna un peu. « Pourvu qu'il n'arrête jamais de jouer, songea-t-elle. À présent qu'il a recouvré l'usage de la parole, pourvu qu'il ne se désintéresse pas de la musique. »

— On s'inquiète pour toi, dit soudain sa mère.

— Sois prudente, dit son père.

— Ce qu'on essaie de te dire, reprit sa mère après un moment d'hésitation, c'est qu'on est fiers de toi.

— Mais on est très très occupés, dit son père.

— Préoccupés aussi, renchérit sa mère.

— Mais on va se reprendre, ne t'en fais pas, dit encore son père.

Il se tourna vers Polly et la regarda bien en face.

Malgré la fatigue et la lourdeur qui paralysaient ses membres, Polly se força à se lever et alla embrasser son père. Jan vint aussitôt les rejoindre.

— J'étais tellement inquiète, balbutia Polly, incapable de réprimer plus longtemps ses sanglots. À cause de George, à cause d'Isabelle...

Elle pleurait sans retenue à présent, la tête enfouie tour à tour dans le cou de son père et dans celui de sa mère.

— Pleure un bon coup, ma belle, lui dit son père. Les familles sont faites pour ça, même si Noël les accapare un peu trop.

— C'est d'accord pour les enquêtes, chérie. Kyle et toi, allez-y. Mais tiens-nous au courant, d'accord? On pourrait même t'aider, si tu veux.

Tout à coup, sa mère se mit à virevolter autour de la cuisine.

— Et puis, ça existe peut-être, des cours de formation pour les détectives en herbe. Je pourrais t'y inscrire, si tu veux.

Les quatre McDougall éclatèrent de rire en même temps.

— Bon, va te préparer pour l'école, dit Ted. Assez d'émotions pour aujourd'hui.

— As-tu le temps de courir au supermarché ? demanda Jan en graissant un nouveau moule. Je n'ai pas assez de beurre pour mon gâteau.

— Sûr.

Polly trempa un doigt dans le mélange et goûta : un pur délice au goût d'arachide, crémeux à souhait.

Les deux dépliants sur les écoles secondaires étaient collés côte à côte sur le réfrigérateur. Polly les considéra un moment. Sa mère suivit son regard et secoua la tête :

— Kirby est à l'autre bout du monde, dit-elle. Ce qui veut dire que tu dois prendre deux autobus pour t'y rendre. Je n'aime pas ça. As-tu pensé aux gens que tu pourrais rencontrer ? Sans compter les choses que tu pourrais oublier...

Mais Polly était déjà sortie de la cuisine.

11

SUR LA BONNE PISTE

De retour dans sa chambre, Polly sortit son bloc à dessin et passa en revue les croquis réalisés durant la semaine. Celui d'Arturo retint son attention, Arturo avec son grand sac du *Journal*. Le croquis de la fourgonnette brune aussi, avec sa plaque du Montana et, côte à côte, les deux croquis de l'Épi : l'Épi déguisée en *punk* en train de faire la vaisselle, et l'Épi épluchée, sans maquillage ni rien.

Polly la regarda de plus près. Peut-être qu'elle faisait tout ça — le maquillage, les déguisements, les cheveux teints — pour ne pas devenir invisible. Sans toutes ces couleurs, elle était chouette. Pas vraiment extraordinaire, mais chouette.

Et Thorn ? Il aurait l'air de quoi, lui, sans sa tresse violette et ses boucles d'oreilles ? Polly saisit son crayon et se mit à dessiner en fredonnant *Le Petit Renne au nez rouge*. Son angoisse baissa d'un cran. Ça lui faisait toujours cet effet-là, le dessin.

— Polly, tu prends racine, ou quoi? appela son père. Ta mère a besoin de toi.

Polly se rua dans le vestibule, attrapa au passage son sac à dos et courut jusqu'à la cuisine.

— Un kilo de beurre, de la levure chimique et des raisins secs, lui dit Jan en lui tendant un billet de 20 $.

— Pas de raisins secs dans mes biscuits, cria Shawn de la salle de bain, assez fort pour couvrir le bruit du séchoir à cheveux.

— Ton frère a une oreille sélective, fit remarquer Jan en riant. Il entend ce qu'il veut, pas plus. Bon, vite, tu vas être en retard.

Il n'y avait que trois autres clients au supermarché. Pressés, eux aussi. L'écho des pas de Polly courant d'une allée à l'autre à la recherche des fichus raisins secs résonnait sur le carrelage. Elle se retrouva seule à la caisse. Les haut-parleurs du centre d'achats annonçaient à tue-tête un solde de Noël «absolument démentiel». La caissière, se rendant compte qu'elle n'avait plus de ruban pour sa caisse, quitta son poste et disparut. Polly regarda dehors: le stationnement était presque désert. Quelque chose attira son attention. Elle plissa les yeux et pencha la tête, juste à temps pour apercevoir, au-delà de l'immense bonhomme de neige en papier mâché et de l'entrepôt, la fourgonnette de Thorn qui se stationnait devant la crêperie. Deux jeunes en blouson de cuir, maigrichons et grelottants, s'approchèrent lentement de la voiture. Le premier transportait une grosse poche remplie à ras bord, le second avait un sac du *Journal* accroché à l'épaule droite.

Thorn prit les deux sacs, ouvrit la portière arrière de la fourgonnette et vida leur contenu à l'intérieur. Il monta derrière, fouilla dans le fourbi, en sortit quelque chose qu'il tendit à chacun des jeunes, referma la portière, la verrouilla et pénétra dans le restaurant, escorté des deux garçons.

La caissière était revenue et se répandait en excuses à cause de son absence prolongée. Polly hocha la tête distraitement, agrippa son sac et se rua dehors. Elle courut jusqu'à la fourgonnette et, après un rapide coup d'œil vers le restaurant, se hissa sur le pare-chocs arrière en s'agrippant fermement à l'échelle. Elle retira l'une de ses mitaines et l'utilisa pour nettoyer la vitre encrassée, mit sa main en visière pour abriter ses yeux et regarda à l'intérieur.

Au début, elle ne vit rien. Peu à peu, son regard s'habitua à l'obscurité et elle distingua, en tas derrière le siège du chauffeur, plusieurs sacs du *Journal*. Une rangée de boîtes brunes, la plupart fermées, s'alignait sur l'un des côtés du véhicule. La boîte la plus près de la porte était grande ouverte. À l'intérieur étaient jetés pêle-mêle un sac Eaton, un sac Sport Excel et un certain nombre de petits paquets enveloppés dans du papier de Noël.

— Hé! qu'est-ce que tu fous là?

Polly faillit tomber de son perchoir. Elle ramassa son sac et prit ses jambes à son cou. Elle courut comme une folle vers la ruelle, attentive seulement au bruit des pas derrière elle. À un certain moment, elle risqua un œil par-dessus son épaule: c'était bien ça, ils lui couraient après. Sur le boulevard Kingsway, la circulation était dense. Polly n'hésita qu'une fraction de seconde: elle prit son courage à deux mains et traversa le flot ininterrompu des voitures qui se disputaient, en ce matin pressé de décembre, les six voies du boulevard.

— Reviens ici! hurla Thorn de l'autre côté du boulevard.

Polly courut jusque chez elle, le souffle court, le cœur au bord des lèvres.

Une voiture de police était stationnée devant l'immeuble. L'inspecteur Mills intercepta Polly au passage:

— Qu'est-ce qui se passe, Polly?

La jeune fille raconta. L'inspecteur Mills alla poster la voiture à l'intersection de la ruelle et du boulevard.

— Ne t'inquiète pas, Polly. On va juste lui poser quelques questions, à ce fameux Thorn. Quant à toi, fais-toi oublier, d'accord? C'est l'affaire de la police à présent.

Kyle croisa Polly au moment où elle entrait avec le sac d'épicerie.

Elle ouvrit la porte, tendit le sac à sa mère et prit son sac à dos.

— Tu es tout essoufflée, lui dit Jan. Ça va?

Polly hocha la tête et alla rejoindre Kyle. Un doigt sur les lèvres, elle ouvrit la porte avec précaution, jeta un coup d'œil dans la ruelle du côté du centre d'achats, puis du côté de l'école. Rassurée, elle mit Kyle au courant de son aventure.

— C'est clair comme de l'eau de roche, dit-elle encore essoufflée. L'inspecteur Mills dit que c'est plus de nos affaires à présent, mais il y a encore une chose à éclaircir. Et ça, quoi qu'elle en pense, c'est de nos affaires.

— Les objets volés, ils sont où? souffla Kyle. Normalement, la première chose que les voleurs essayent de faire, c'est écouler leur marchandise. En tout cas, c'est ça qu'il dit, Anderson. Ils l'écoulent chez des prêteurs sur gages ou chez des revendeurs. En général, ils s'arrangent pour faire ça en dehors de la ville où le vol a été commis, c'est plus facile.

Le chat des Kim traversa la ruelle. Chez Rudy, silence total, tant dans le garage que dans la cour.

— Et Rex, où est-ce qu'il est? demanda Polly en désignant l'endroit où le chien avait l'habitude de se tenir.

— Parti avec Rudy, je suppose. Dans sa camionnette, sûrement, répondit Kyle en désignant à son tour la place de stationnement vide.

— Je voudrais bien savoir ce qui se passe là-dedans, dit Polly en marchant vers le garage de Rudy.

La fenêtre la plus basse — et sans doute la plus crasseuse — était à environ deux mètres du sol. Pour décourager les regards, on avait tendu un tissu à l'intérieur, une vieille couverture grise à peu près aussi crasseuse que la fenêtre.

— Qu'est-ce que vous fichez là, tous les deux?

Kyle et Polly sursautèrent.

Shawn venait vers eux, son sac de hockey à la main. Il le déposa par terre et souleva Polly par la taille.

— Allez hop! grogna-t-il. Ce que tu es

lourde, bon sang! Qu'est-ce que tu as fait au bon Dieu pour être aussi pesante?

Et Polly s'exécuta: elle nettoya une autre vitre sale, avec une mitaine déjà sale.

— Et alors? demanda Kyle.

— Dépêche! marmonna Shawn. J'en peux plus!

— Je vois la vieille voiture. Dans la remorque bleue. Le coffre est ouvert. Elle a été remise à neuf, on dirait, et repeinte.

— Qu'est-ce que ça prouve? Rudy fait que ça, réparer des vieilles voitures, fit remarquer Shawn.

Polly scruta encore les profondeurs du garage, fascinée par la voiture qu'une couche de peinture rendait méconnaissable, et gravant dans sa mémoire le numéro de la plaque d'immatriculation, WIZ230.

Une immense bâche bleue pliée en quatre était fixée au toit de la voiture. Par terre s'empilaient des boîtes de carton, sans doute pleines. Il y en avait aussi dans le coffre de la voiture. Une valise défoncée gisait par terre, à côté d'une paire de bottes en caoutchouc.

— Bon, c'est assez!

Shawn s'accroupit et Polly se laissa glisser par terre.

— Merci, Shawn.

Ils se séparèrent très vite : Kyle et Polly mirent le cap sur l'école, et Shawn sur l'aréna, pour sa toute dernière séance d'entraînement.

Même en courant, Kyle et Polly ne pouvaient s'empêcher de discuter : du fameux sac utilisé pour la livraison du *Journal*, du fameux matériel enfermé dans la fourgonnette de Thorn, de la carte de crédit éraflée et de tout ce que Polly avait eu le temps de voir dans le garage de Rudy. Sitôt assise à son pupitre, elle sortit son bloc à dessin et fit un croquis de tout ce qu'elle avait vu chez Rudy. Un détail lui revint en mémoire et elle feuilleta son calepin pour retrouver le croquis qu'elle avait déjà fait de la vieille voiture. Jones était à la porte de la classe et s'entretenait avec le directeur de l'école. Polly en profita pour dessiner également Thorn avec les deux jeunes, puis Thorn au naturel, le dessin qu'elle avait déjà commencé, Thorn sans sa tresse violette et sans accoutrement.

Robin lui mit la main sur l'épaule.

— Kyle et moi, on a rencontré Arturo devant l'appartement d'Isabelle. Il s'inquiétait à propos du chien. Je pense qu'il l'aime autant que nous autres. J'en ai profité pour lui dire que j'aimerais qu'on soit amis. Il avait encore l'air aussi inquiet, mais on est quand même arrivés à quelque chose, ajouta Robin en tendant un bout de papier à Polly.

Dessus, il y avait écrit: *W2O VA INTER-VIEWER ARTURO À LA RÉCRÉ. K.*

— Ça m'a l'air bien intéressant, Polly.

Jones était à côté d'elle. Polly perçut les effluves de sa lotion après rasage.

Elle prit une profonde inspiration et, sans bien savoir comment, réussit à glisser la note dans son bloc à dessin ouvert à l'endroit où s'étalait la ruelle vue à vol d'oiseau.

— Très intéressant, Polly, fit Jones, mais je voudrais bien voir la note aussi.

Elle la lui remit et s'adossa à sa chaise, attendant l'explosion. Jones lut la note au moins deux fois et se gratta la tête.

— Kyle, je suppose que cette note vient de toi. À ce que je vois, tu es aussi prolifique dans tes écrits que dans tes discours. Même ton nom n'est pas écrit au long. Dommage qu'une telle créativité ne transparaisse pas dans vos travaux à tous les deux. Vraiment dommage!

Ce qui fit rire le reste de la classe.

— Un peu de sérieux, les enfants, fit Jones en tapant du pied.

Il déchira la note et la jeta à la poubelle.

— Vous avez de la chance tous les trois qu'on soit à la veille de Noël. Je n'ai pas de temps à perdre avec toutes vos histoires. Ce soir, c'est le concert; alors, au travail. En attendant, Robin, Kyle et Polly, au lieu d'aller dehors à la récré, que diriez-vous de commencer à disposer les chaises?

Ils baissèrent la tête et se regardèrent à la dérobée. Sages comme des images. Arturo se retourna et promena son regard triste autour de la classe.

La rencontre avec Arturo n'aurait pas lieu, finalement. Il faudrait patienter jusqu'au dîner.

Dans le coin gauche du cahier de mathématiques, le lapin fantôme regardait Polly en souriant. Polly prit sa gomme à effacer et fit disparaître les pattes, puis le corps de l'animal. Jones tolérait ses dessins, mais pas sur le matériel scolaire. Juste avant d'effacer la tête, Polly sourit au lapin.

Elle était de plus en plus convaincue d'avoir percé le mystère: elle savait maintenant comment les voleurs s'y étaient pris, mais elle ignorait toujours où ils avaient caché les pierres.

Elle arracha une feuille de son bloc à dessin et, sous son pupitre, presque à l'aveuglette, dessina l'arbre avec le fort, et les membres du groupe, anciens ou nouveaux. Puis elle signa: *LE W2O, AU GRAND COMPLET, SEMAINE DE NOËL, PAR PMcD.*

***

À l'heure du dîner, Robin, Kyle et Polly se dépêchèrent de rejoindre Rosalie, qui attendait son frère dans la cour en grelottant. Arturo les rejoignit bientôt, hésitant. Son regard fuyant passait de l'un à l'autre sans se poser.

— Allons directement au fort, proposa Robin avec un bel enthousiasme.

— Qu'est-ce qui se passe ? demanda Rosalie.

— On vous propose, à ton frère et à toi, de devenir membres de la Maison du lapin fantôme, dit Polly d'un trait. Le lapin fantôme, vous l'avez déjà vu, pas vrai ?

Arturo hésitait de plus en plus. Tous les prétextes étaient bons pour ne pas suivre. Il ralentissait le pas, ramassait des cailloux, rattachait sa chaussure.

— I *Parad!* leur cria-t-il tout à coup. Arrêtez-vous ! Ça marche pas. Si vous saviez...

Kyle revint sur ses pas et donna une bourrade à Arturo. Puis, d'un haussement d'épaules, il désigna la maison de Thorn.

Arturo figea sur place au beau milieu de la ruelle et jeta des regards affolés vers la maison de Thorn et celle de Rudy. Il attrapa son sac et en sortit un paquet de forme allongée. Sans dire un mot, il le tendit à Robin et fit mine de se sauver. Kyle le retint par la manche.

— On est au courant, tu sais.

Arturo détourna les yeux quand Robin commença à défaire le paquet. Sans détacher son regard de Robin, Rosalie vint se blottir contre Polly.

— Pourquoi vous ne voulez pas de nous? dit-elle.

— Mon magnéto, s'écria Robin. Où l'avez-vous trouvé?

Arturo essaya sans succès de se libérer.

— On avait deviné, Arturo, dit Polly. Fais-nous confiance à présent, d'accord?

— Le voleur, c'est moi, dit Arturo en secouant la tête.

— Toi? Le voleur? s'étonna Robin en serrant son magnétophone contre elle. Qu'est-ce que tu veux dire? J'en ai perdu des bouts, moi.

— Il veut dire qu'il a aidé Thorn à s'introduire chez vous. Le vrai voleur, c'est Thorn, pas Arturo, dit Polly en souriant. Thorn a déjà habité dans l'immeuble, il avait la clé de la porte extérieure. Cette clé-là, il l'a jamais rendue. Pour entrer chez vous, et chez les autres aussi, il s'est tout simplement servi d'une carte de crédit. Arturo était chargé de téléphoner aux locataires et de lui indiquer les appartements dont les occupants étaient absents en laissant un message dans l'arbre. Je me demandais aussi pourquoi Thorn arrêtait pas d'aller et venir dans la ruelle.

— Moi aussi, je l'ai vu, dit Robin. Il y a deux jours, dans le sous-sol, devant la salle de lavage.

— Plausible, fit Polly. Il a dû cacher des trucs dans la salle de lavage quand il voulait pas qu'on le voie sortir avec quelque chose dans les mains. Moi, je l'ai vu avec un grand fourre-tout.

Kyle vint rejoindre Polly sous le saule en faisant signe à Rosalie et à Arturo de les suivre.

— Arturo a reçu des menaces, dit-il.

— Comment ça ? demanda Robin en fronçant les sourcils.

— Thorn a essayé de m'intimider, moi aussi, poursuivit Kyle. Il a voulu me forcer à lui remettre les clés de tous les appartements. Il savait que mon père avait des doubles.

— Tu lui as donné les doubles ? demanda Robin.

— Jamais de la vie. Il m'a bousculé un peu, mais j'ai tenu bon.

Arturo avait détourné les yeux et paraissait ailleurs.

— Écoute, Arturo. Moi, j'ai toujours vécu ici, je sais pas ce que c'est que de vivre dans un pays où on a toujours peur.

— Comment Thorn s'y est pris avec toi, Arturo? demanda Polly.

Elle aurait aimé se rapprocher de lui et lui prendre la main, le rassurer aussi, en lui disant que tout allait s'arranger. Au lieu de ça, elle enlaça le corps tout tremblant de Rosalie et l'embrassa sur la joue.

Arturo ne parlait pas, lui non plus, ou si peu, songea Polly. Muet pendant tout ce temps, incapable de se confier à qui que ce soit, absolument seul et misérable. Peut-être que lui aussi se sentait laissé pour compte, invisible.

— Dis-leur, Arturo, lui dit Rosalie. C'est des amis à présent.

— Il a dit qu'on se ferait expulser, laissa tomber Arturo comme si chaque mot pesait une tonne. Il a dit qu'il connaissait des gens ici qui seraient capables de prouver que mon père est un criminel; comme ça, il ne pourrait pas venir nous rejoindre ici. Il a aussi dit qu'on nous renverrait dans notre pays, ma mère, Rosalie et moi, et qu'on ne courrait aucun danger là-bas.

— Et tu l'as cru? demanda Robin. Tu as cru cet abruti?

Arturo hocha la tête tristement :

— Il m'a dit que je devais faire confiance à personne, et surtout pas à vous. Il a dit qu'il vous avait vus rire de moi, que j'aurais jamais d'amis à part lui. Il m'a donné un sac du *Journal* pour transporter les objets volés.

— Le jour, c'est lui qui se chargeait des vols, dit Polly en se mordillant les lèvres. Quand tu étais à l'école.

— Il a dû faire la même chose avec d'autres enfants, fit remarquer Kyle. Tu parles d'un spécimen ! Vols en série, intimidation, revente. Un vrai bandit !

— Est-ce qu'il avait les clés de tous les appartements des environs ? s'enquit Robin.

— Partout où il y avait des enfants qui le laissaient entrer, répondit Kyle. Il les a tous menacés de la même façon.

— Les deux que j'ai vus ce matin avaient vraiment pas l'air rassurants, dit Polly. Je voudrais pas les rencontrer le soir dans la ruelle.

— Il y en a beaucoup comme ça, soupira Kyle.

— Arturo est pas comme ça, dit Rosalie.

— On le sait bien, dit Polly en s'approchant d'Arturo. Pourquoi tu l'as pas dit à ta mère ?

— Trop occupée, répondit Arturo. Apprendre la langue, travailler à l'hôpital, se faire du mauvais sang pour mon père et le reste de la famille, ça lui prend tout son temps. Je voulais pas l'inquiéter encore plus, ajouta-t-il en baissant la tête. Mais là, elle va être vraiment inquiète. Elle va avoir mal. Tout ça par ma faute.

Polly battit des mains pour le secouer un peu :

— Hors d'ordre, s'écria-t-elle joyeusement. C'est pas le sujet de cette réunion. Moi, Polly McDougall ici présente, nomme Rosalie et Arturo DeCosta membres de la Maison du lapin fantôme. Finalement, le lapin, vous l'avez vu, oui ou non ?

— Ça oui, fit Rosalie, le sourire fendu jusqu'aux oreilles. Même qu'il a mangé la carotte que j'avais laissée pour lui dans le parc.

— Moi, je l'ai vu quand je cachais la liste des numéros de téléphone dans l'arbre, dit Arturo.

Ils poursuivirent leur réunion le plus sérieusement du monde en mettant au point leur prochaine tactique.

— C'est le temps de manger, les enfants.

Jan les appelait du balcon, les bras, les joues et le tablier blancs de farine. Même à cette distance, l'air embaumait la cannelle et le beurre d'arachide.

— Rendez-vous ici après le dîner, proposa Polly. On retourne ensemble à l'école. On sait jamais. Peut-être que la police a pas encore réussi à mettre la main sur les voleurs.

— Ce soir, c'est le grand soir, dit Kyle sentencieusement. C'est le concert et le dénouement, tout ça en même temps.

Chapitre

12

LA BAGARRE

En rentrant de l'école cet après-midi-là, Robin et Polly virent une voiture de police stationnée dans la 9e Rue, près de la maison de Thorn. Avec tous les préparatifs du concert, elles avaient presque oublié les voleurs. Enfin, pas complètement. Mais c'était bon de penser à autre chose, à la vraie vie : comment ils se rendraient au concert tous ensemble, par exemple, ou comment Robin pourrait arriver à maîtriser son fichu numéro de danse.

En apercevant la voiture de police, Polly sentit son corps se crisper. Elle scruta les alentours. Deux policiers inspectaient le garage de Thorn, l'intérieur comme l'extérieur. Un autre, en civil, avait la tête plongée dans le bac à ordures et en examinait minutieusement le contenu. Brutus lui reniflait les chevilles avec un intérêt manifeste.

C'est ce moment que choisit Rudy pour se

mettre au volant de sa camionnette et quitter la maison en douce. La remorque suivait derrière, avec la voiture retapée dissimulée sous la bâche bleue. Seule, la plaque d'immatriculation était visible et Polly remarqua aussitôt qu'elle avait été changée. En passant, Rudy jeta un regard à la maison de Thorn, tourna le coin et disparut.

Polly fit signe à Robin de s'arrêter:

— La voiture, elle venait du Montana; à présent, sur la plaque, c'est marqué BC. Je gage que c'est une voiture volée.

— Oh moi, depuis que j'ai retrouvé mon magnétophone... marmonna Robin avec humeur. Il faut que j'aille faire ma valise, à présent. J'espère bien qu'ils ont trouvé les billets d'avion. Et si tu veux savoir ce que je pense, Kyle et toi, vous devriez arrêter de vous occuper de tout ça. Vous allez me rendre folle avec vos histoires. Qui vous dit que Thorn n'est pas dangereux?

— Je me demande si la police sait que Rudy est l'oncle de Thorn, poursuivit Polly comme si de rien n'était.

Elle se dirigea vers la maison de Thorn à pas de loup, comme si elle avait peur de faire craquer le gazon gelé. La voiture de police démarra. Au même moment, les deux jeunes que Polly avait aperçus le matin même jaillirent du parc où ils s'étaient cachés et s'approchèrent.

— Hé, les filles! Vous avez sûrement pas envie de rentrer chez vous, hein? ricana le premier.

— Pas tout de suite, en tout cas, renchérit le second, qui balançait un bâton de baseball en riant bêtement.

— On pourrait peut-être s'offrir une petite partie de balle ensemble?

— Sauf qu'à la place des balles, on pourrait prendre des pierres, reprit le plus grand. Ou vos têtes.

— Ouais! Attraper des pierres, ça pourrait être drôle, fit l'autre.

Polly vit la voiture de police réapparaître à l'autre bout de la ruelle, rouler lentement et tourner au coin de la rue, devant le parc. Elle bondit vers le véhicule en attrapant Robin au passage et en agitant frénétiquement le bras pour attirer l'attention des policiers.

Les deux jeunes tournaient le dos à la voiture. Avant même de comprendre ce qui se passait, ils bondirent à leur tour, empoignèrent les deux filles et les clouèrent par terre. Polly plongea son regard dans celui de son agresseur, le grand maigre.

— Tu parles un peu trop à mon goût,

Polly McDougall, lui cria-t-il. Il serait à peu près temps que quelqu'un t'oblige à la fermer !

Polly voyait les nerfs de son cou, tendus comme deux cordes, les gouttes de sueur qui perlaient sur son front et sur ses sourcils, sa figure rouge et congestionnée. Chaque mot lui envoyait au visage une haleine aigre et fétide. Le temps s'arrêta soudain. Polly ne tenta rien, ne dit rien. C'est tout juste si elle sentait la dureté du sol gelé contre son dos et la présence de Robin qui se démenait à ses côtés, toutes griffes dehors. Elle aurait voulu faire quelque chose, parler, injurier, se défendre, mais les mots refusaient de sortir. Le garçon était costaud, il restait là, sans bouger lui non plus, soudé à elle pour l'éternité, sur le gazon dur.

Une petite voix s'éleva peu à peu, une voix inaudible qui parlait à Polly seule : « Une seule main, disait la voix, il te suffirait d'une seule main pour le frapper et te libérer. » Mais Polly commençait à suffoquer. Le poids du garçon sur son ventre l'empêchait de respirer. Dans quelques instants, il serait trop tard. « Une seule main », répéta la petite voix.

— Vas-y donc, crétin ! lança-t-elle au garçon. Frappe-moi si tu en as autant envie.

Un éclair de colère alluma l'œil du garçon qui lâcha aussitôt l'un des poignets de Polly.

De sa main libre, elle le fit basculer sur le côté.

— C'est ça qu'il t'apprend, l'affreux Thorn? railla-t-elle de nouveau.

Le garçon empoigna Polly par la mâchoire et la plaqua de nouveau par terre.

— O.K., ça suffit! Enlevez-vous de là!

Il y eut des bruits de pas précipités derrière eux. Le jeune policier, celui que Polly avait aperçu plus tôt, arrivait en courant. Les deux jeunes étaient déjà debout et déguerpirent aussi vite. Le policier hésita: devait-il poursuivre les deux jeunes ou venir en aide aux enfants?

— Ça va, les filles? demanda-t-il en jetant de nouveau un regard vers les deux silhouettes qui s'éloignaient.

— Trop tard, dit Polly tout essoufflée.

Leur haleine formait autour de leur tête un petit cumulus de buée.

— Moi, ça va, dit Polly en interrogeant Robin du regard.

Elle fit oui en se massant le derrière de la tête. Les filles suivirent le policier jusqu'à la voiture.

— Et Thorn, vous l'avez arrêté, oui ou non? demanda Polly. C'est lui le cerveau. Les enfants, il s'en sert, c'est tout.

Les deux policiers échangèrent un regard. Personne ne répondit. La radio se mit à grésiller.

— Les deux jeunes, là, ils font partie de la bande, insista Polly. Ils étaient avec Thorn ce matin, je les ai vus... Où est l'inspecteur Mills ?

Robin la tirait par la manche.

— Oublie ça, O.K. ? C'est à eux de s'en occuper.

L'inspecteur Mills se trouva tout à coup à côté de Polly.

— Bon, à présent, rentrez chez vous toutes les deux. Connelly et moi, on continue à surveiller Thorn.

— Mais les pierres d'Isabelle, vous les avez retrouvées ou pas ? demanda encore Polly. Vous avez regardé chez Rudy ?

— Et nos billets d'avion ? risqua Robin.

Mills les poussa gentiment vers la ruelle et regagna sa voiture, une voiture de couleur sombre presque entièrement dissimulée derrière une haie.

— Restez en dehors de ça, les enfants, dit-elle avant de s'éloigner. C'est nous que ça regarde, pas vous. Jouer aux détectives est une chose, avoir des preuves et capturer des malfaiteurs en est une autre. Et pas mal plus dangereuse.

Exaspérée, Polly donna un coup de pied dans le gravier. Les pierres ricochèrent sur la clôture de Rudy. La bagarre avec les deux jeunes la bouleversait encore. Tout arrivait en même temps et, à présent que le mystère s'éclaircissait, on essayait encore de les tenir à l'écart. Sans compter qu'elle devenait méfiante, l'inspecteur Mills. Comme les voleurs, tiens! Alors qu'elle, elle mourait d'envie de les aider, de tout leur révéler, de leur faire partager ses découvertes et celles de Kyle.

Tout à coup, elle ressentait une émotion étrange: elle était quelqu'un. Elle n'avait jamais connu ça auparavant, l'impression d'être quelqu'un et non pas seulement une enfant. Mais ça, personne n'avait l'air de le voir. Les doigts lui démangeaient déjà. Elle aurait voulu dessiner, dessiner et réfléchir, ça oui, réfléchir.

— C'est quoi, ton problème? demanda Robin tout près. Seigneur que je suis contente de partir! Chaque fois que je suis avec toi, on a des ennuis. J'ai un mal de bloc affreux et je peux même pas le dire à mes parents parce qu'ils vont faire une syncope. Encore heureux que je me sois pas blessée. J'aurais pu me casser la cheville. Je danse, moi, figure-toi!

Polly secoua la tête et monta chez elle en courant. Des fois, les amis, même les plus proches, ne sont d'aucun secours. Des fois, il faut tout faire soi-même. Des émotions contradictoires se bousculaient en elle : elle était contente d'elle-même mais furieuse contre la police, contre l'inspecteur Mills, en particulier. Arriverait-elle jamais à être vue telle qu'elle était vraiment ? Une jeune en pleine métamorphose, une presque adulte ?

Shawn la salua à son arrivée :

— Si c'est pas notre célèbre détective qui rentre chez elle après une autre de ses époustouflantes aventures !

— La ferme ! répliqua Polly en rangeant sa veste dans la penderie.

— Seigneur ! On dirait que tu as livré un dur combat.

— Mêle-toi de tes affaires, O.K. ? cria Polly.

— Joyeux Noël à toi aussi ! répliqua Shawn à son tour.

Il haussa les épaules en signe d'impuissance et retourna à la cuisine se faire un steak. La radio hurlait les nouvelles du sport. Polly saisit une pile de biscuits et en fourra un dans sa bouche pour s'empêcher d'invectiver son frère. Après tout, il l'avait tout de même aidée un peu. C'est grâce à lui si elle avait pu découvrir des choses dans le garage de Rudy. Mais, ça, personne ne le savait. Non. Personne ne savait ce qu'elle pensait, qu'il aurait fallu prendre Rudy en chasse quand il s'était tiré avec la remorque au lieu de perdre son temps à fouiller les poubelles de Thorn. Personne ne savait tout ça parce que personne ne prenait le temps de l'écouter.

Elle prit une douche, mit des vêtements propres et se fit à manger. Il y avait des hamburgers sur le comptoir.

Jan et Ted sortirent de leur chambre, l'air énervés, habillés pour assister à la partie de hockey. Ted commença à faire cuire les hamburgers.

— Pourquoi faut-il absolument que tu retournes au magasin ce soir? demanda Jan en passant près de Polly sans la voir. On avait promis à Shawn d'être là du début à la fin de la partie.

— À cause de la vente, répondit Ted. Je te l'ai dit. Il faut absolument que je sois là. Mes employés ne sont pas assez expérimentés pour tirer le maximum d'une occasion comme celle-là. Juste avant Noël, les gens achètent en fous, tu devrais voir ça.

— Mais on avait dit qu'on inviterait Shawn à manger au restaurant.

— Venez me voir à la boutique tous les deux. Je pourrai peut-être me libérer quelques minutes.

— Tu aurais pu le dire plus tôt, Ted, dit Jan en branchant la bouilloire. L'improvisation, je n'aime pas ça, tu le sais. Moi, quand on fait des plans, j'aime qu'on les suive.

Shawn mâchouillait son steak en silence. Polly écoutait ses parents bavarder, la main refermée sur l'héliotrope. À quoi servait d'avoir un héliotrope? Elle n'était déjà que trop invisible, invisible pour ses parents, invisible pour la police, qui la laissait se débrouiller toute seule. À part Kyle et Isabelle, personne ne la voyait. Mais il y avait Kyle et il y avait Isabelle. Une bouffée de reconnaissance la submergea soudain, une bouffée chaude et fraîche à la fois, comme une pluie tropicale qui vient rafraîchir une terre trop sèche.

— Excusez-moi d'exister! explosa-t-elle tout d'un coup. Je vais chez Isabelle pour voir comment va George. Vous dérangez surtout pas pour moi, vous devez vous occuper de choses tellement plus importantes: vos parties de hockey et puis vos supergrosses ventes, par exemple.

Elle prit sa veste dans la penderie et courut vers la porte.

— De toute façon, Isabelle va venir à mon concert. Peut-être bien qu'elle, elle va me payer le restaurant. Attendez-moi pas, surtout! Je sens que je vais rentrer tard.

Elle se retrouva dans la cage d'escalier, soufflant comme si elle venait de déménager un réfrigérateur et s'interrogeant encore sur les causes d'une colère aussi soudaine. Elle resta quelques instants sans bouger, à l'abri des regards, mais espérant néanmoins que quelqu'un viendrait s'enquérir d'elle. Sa mère apparut sur le pas de la porte, regarda en haut et en bas.

— Elle est partie, Ted.

De l'intérieur de l'appartement lui parvint un premier murmure, mais elle était trop loin pour entendre ; puis un second :

— Ce n'est pas facile à son âge, je le sais. Être la plus jeune, une fille en plus ! C'est Noël et elle est un peu chamboulée. Mais mon Dieu qu'elle est susceptible !

Polly entendit d'autres murmures.

— Elle ne peut pas toujours être la vedette, fit Jan restée près de la porte. Il faut qu'elle apprenne à passer en second de temps à autre.

Polly jeta un coup d'œil en bas, chez Isabelle. Elle avait le choix : descendre, sonner chez Isabelle, sortir George, se rendre au concert ou... elle regarda sa propre porte, le numéro 201 en laiton massif, la couronne de Noël accrochée juste en dessous — avec son nœud qui avait un urgent besoin d'être refait et le bout de guirlande que la bouche d'air au plafond faisait flotter comme un drapeau.

Polly respira à fond, se redressa et remonta chez elle. Elle ouvrit la porte. Jan et Ted étaient toujours assis à la table de la cuisine. Son père avait déjà engouffré la moitié de son hamburger, sa mère était en train de couper le sien en deux parties parfaitement égales. Shawn était dans la salle de bain, Polly l'entendait siffloter sous la douche.

— Je suis revenue.

Silence.

— J'ai quelque chose à vous dire.

« Deux blocs de glace, pensa Polly, deux blocs interrogateurs. » Son père déposa l'autre moitié de son hamburger dans son assiette et la regarda de travers. Sa mère interrompit son geste et la regarda droit dans les yeux, le regard dur.

Polly sentait son cœur battre la chamade.

— Vous avez dit que je pouvais pas toujours être la vedette, dit-elle. Moi, je pense que la vedette, je l'ai jamais été. Tout simplement parce que je suis invisible. Mais je veux que vous sachiez une chose et c'est pour ça que je suis revenue : je suis plus une enfant, je suis une ado maintenant et j'ai des décisions pas mal importantes à prendre. À propos de mon école, par exemple, à propos des gens que j'aime et que je veux aider, à propos de ma peinture. J'en ai un peu assez de toujours passer inaperçue à la maison. J'aimerais ça avoir quelqu'un à qui parler de choses importantes pour moi. Je suis capable de faire plein de trucs, je peux aider à résoudre des crimes et à capturer des escrocs, mais je peux pas vous forcer à m'écouter si vous en avez pas envie. C'est pas compliqué, je suis plus invisible qu'un lapin blanc dans un champ de neige. Des fois, je me sens tellement seule, je...

Elle fut incapable de terminer. En partie à cause des larmes qui montaient, en partie à cause de son père qui l'interrompit au beau milieu de la phrase :

— Polly, dit-il en levant la main.

Jan avait les deux mains crispées au bord de la table. Elle fulminait. Le regard qu'elle jeta à Polly la fit reculer ; elle dévisageait sa fille comme si elle était une pure étrangère.

— Ça fait un bout de temps que tu le fignolais, ton discours, hein ? articula-t-elle d'une voix neutre. On est des mauvais parents, c'est ça que tu essaies de nous dire, Polly ?

Polly secoua la tête.

— Attends une minute, Jan.

Ted posa la main sur le bras de sa femme. Puis il se lissa les cheveux plusieurs fois de suite, l'air embarrassé.

— Laissons-nous le temps de réfléchir avant de dire des choses qu'on pourrait regretter, d'accord? dit-il en regardant sa femme. On pourrait en parler ensemble demain, tous les trois, qu'en dites-vous? Demain, Polly, ta mère et moi, on est libres comme l'air.

Jan eut un long frémissement comme si un courant froid la parcourait de haut en bas; elle respira à fond, retira ses mains de la table, se leva et s'approcha de Polly.

— Va chez Isabelle à présent, dit-elle en lui tapotant gauchement l'épaule.

Sa colère était palpable.

— Ça te va, ma puce? demanda son père, l'air soudain penaud. Polly, je veux dire.

Polly hocha la tête. Elle n'avait plus rien à dire. Elle enfila ses mitaines et se dirigea une fois de plus vers la porte, les yeux éblouis par d'étranges visions, comme autant d'éclaboussures jaunes, rouges et noires.

Polly, invisible? Il n'en était plus question. Pas plus tard que ce soir, elle rendrait l'héliotrope à Isabelle.

ENFIN, LE GRAND SOIR !

Pour une fois, George n'était pas à la porte pour accueillir Polly. Il était étendu dans un tout nouveau lit, un drôle de matelas en forme de beignet, rouge vif et moelleux à souhait, agrémenté d'un oreiller du même rouge. Ses yeux clignèrent plusieurs fois à l'arrivée de Polly, sa queue remua faiblement et il émit une sorte de grognement qui devait signifier « Bonjour ». Il essaya bien de se lever, mais y renonça aussi vite. Polly se pencha vers lui. Sa respiration était irrégulière, son haleine fétide, mais il vivait.

Isabelle était en train de se coiffer.

— Je suis presque prête, dit-elle. Kyle sera là dans un instant. Je te trouve bien tranquille.

— Je viens juste d'exploser, dit Polly. Devant mes parents, à part ça.

— Oh !

Polly fit à Isabelle un récit détaillé des

événements de la journée : l'étrange départ matinal de Thorn, la bagarre dans le parc, la scène à ses parents.

— Vous pensez qu'ils vont me détester à présent ?

Isabelle ne trouva rien à répondre.

— Ça a été plus fort que moi.

— Quelquefois, il vaut mieux mettre cartes sur table, dit Isabelle. Ça soulage et ça détend l'atmosphère.

— Je les aime, mes parents.

— Je sais.

Mais ce que Polly ne lui dirait jamais, même pas à elle, Isabelle, la grande question qu'elle ne poserait jamais, sauf à elle-même et encore, à voix basse, c'était : comment rentrer chez soi après avoir fait ce qu'elle avait fait ? Comment pourrait-on encore vouloir d'elle, à présent ?

On sonna à la porte.

— Prêtes ? demanda Kyle.

Ses parents se tenaient derrière lui, silencieux et un peu guindés dans leur manteau de tweed, leur béret noir et leurs gros souliers de marche.

— J'ai oublié de manger, avoua Polly en entendant gargouiller son estomac. Tout ce que j'ai avalé, c'est trois biscuits.

Isabelle prit une pomme dans le plat qui trônait au milieu de la table de la cuisine :

— Tiens ! prends au moins ça. Nous irons au restaurant après le concert.

Quelques instants plus tard, ils s'entassaient tous dans la vieille Volvo verte des Clay, au moment où les Weinstein quittaient le stationnement et où Rosalie et sa mère s'engageaient dans la ruelle, bras dessus, bras dessous.

— Où est passé Arturo ? demanda Polly en baissant la vitre.

— Il nous suit, répondit Rosalie. Il a une dernière livraison à faire.

Kyle poussa Polly du coude :

— Et quelle livraison ! Il m'a dit qu'il allait rassembler tout ce que Thorn lui avait donné, fourrer ça dans le gros sac du *Journal* et le déposer derrière la maison de Thorn, plus précisément devant la galerie.

— C'est pas un peu dangereux de faire ça ? demanda Polly. Et si la police le surprend ?

Kyle se contenta de hausser les épaules en continuant à pianoter sur ses genoux, histoire d'assouplir ses doigts.

***

Polly s'installa dans la troisième rangée

d'en avant, avec le chœur des jeunes des quatrième, cinquième et sixième années. Le gymnase était plein à craquer. Le brouhaha habituel des chaises que l'on déplace, des allées et venues ininterrompues, des fous rires et des conversations — entre enfants, entre professeurs ou entre parents — emplissait toute la salle. Isabelle s'était installée dans les dernières rangées ; enveloppée dans son grand châle brun, très droite sur sa chaise, elle était en grande conversation avec monsieur Jones. « Ils doivent se connaître », songea Polly. Pour elle, tout le monde se connaissait, tout le monde passait son temps à établir des contacts, certains regrettables, d'autres très enrichissants, comme celui-là, par exemple.

Madame Stock accourut vers Polly, l'air découragée :

— Rosalie est tellement inquiète de son frère qu'elle refuse de mettre son costume. Son beau costume !

Polly déposa son programme sur sa chaise et alla rejoindre Rosalie, en larmes, derrière la scène. Sa mère était avec elle.

— Oh, Polly ! Où est-ce qu'il est, Arturo ? Tu l'as vu ?

C'est ce moment que choisit Arturo pour faire son entrée dans le gymnase. Visiblement nerveux et surexcité, il courut vers sa mère, l'embrassa, ébouriffa les cheveux de sa sœur et suivit Polly. Mine de rien, il lui mit un bout de papier dans la main et prit place dans la rangée derrière elle, à côté de Kyle.

Polly déplia le bout de papier: *W2O. T ET É PROJETTENT DE S'ENFUIR. LA POLICE ME COURT APRÈS*, disait la note. Polly replia le papier et le remit à Kyle en envoyant un signe d'encouragement à Arturo. Elle s'étira le cou et aperçut les deux policiers en uniforme qu'elle avait vus chez Thorn plus tôt dans la journée. Ils étaient debout, le dos collé au mur, et ne lâchaient pas Arturo des yeux.

« Si au moins on lui donnait, à elle, la chance de tout leur expliquer », songea Polly. Elle arriverait sûrement à leur faire comprendre pourquoi Arturo s'était fait le complice de Thorn, pourquoi il avait fait tous ces téléphones pour lui et même pourquoi il avait conservé tous ces « petits cadeaux » que Thorn lui avait laissés pour le « remercier » de ses services. Au fait, les jeunes de douze ans, est-ce qu'on les mettait en prison?

La directrice fit taire l'assemblée et on entonna aussitôt l'hymne national. Polly essaya de faire le vide dans sa tête pour se consacrer entièrement au concert. Derrière elle, Kyle se faisait craquer les jointures en mâchouillant ses fichues graines de tournesol. Triple idiot! Bon comme il était au piano, pourquoi avoir un tel trac?

Le rideau se leva et les enfants de la maternelle firent leur entrée. Bon sang qu'ils étaient petits! Comme Kyle et elle au même âge, c'est-à-dire sept ans plus tôt. Quelle différence avec ce qu'ils étaient aujourd'hui, déjà prêts à quitter l'école primaire et à devenir des « grands » du secondaire! Polly laissa son esprit vagabonder. Pendant quelques instants, elle oublia la musique, le concert, les gens, la salle... C'est un coup de cymbales, un coup retentissant accompagné des tambours et des triangles, qui la ramena sur terre, et au présent. Elle reporta son attention sur la scène: les enfants marchaient tout fiers derrière le petit tambour sous les applaudissements émus des parents. L'œil de Polly fut soudainement attiré par un mouvement dans la salle: l'une des portes du gymnase s'ouvrait subrepticement. Pour livrer passage à qui, croyez-vous? Aux parents de Polly. À Jan et à Ted qui se faufilaient discrètement dans une des rangées du fond, juste derrière Isabelle. Polly regarda sa montre, puis ses parents. Qu'est-ce qu'ils fichaient là, pour l'amour du ciel? Et la partie de hockey de Shawn dans tout ça?

Mais c'était plus fort qu'elle, ce qu'elle ressentait à cet instant précis, ce n'était pas de la curiosité ou du dépit, c'était tout simplement du bonheur, un vrai gros bonheur. Ils étaient venus, après tout, ils avaient fini par venir. Ça voulait peut-être dire qu'ils ne lui en voulaient pas trop.

L'éclairage de la scène vira subitement au bleu et Robin Weinstein entourée de ses danseuses fit son apparition. Polly les contempla un moment : quelle grâce, quelle souplesse ! De vraies fées ! Sa mère devait s'en mettre plein la vue en ce moment. Et regretter que Polly ne soit pas Robin.

Et la toile de fond dans tout ça ? Sa toile à elle ? Polly essaya de se représenter l'effet qu'elle pouvait produire de la salle, avec ses trois panneaux qu'elle et deux élèves de la classe de madame Begley avaient conçus et fabriqués. Super. Ils étaient tout simplement super. Le premier panneau reproduisait une carte du monde, avec des étoiles posées çà et là sur chacun des pays d'origine des élèves ou de leurs parents. Sur le panneau central, on voyait Jésus, Marie et Joseph et, sur le dernier, un gigantesque bonhomme de neige entouré d'enfants multicolores confectionnés avec de la ouate. Il en avait fallu des tonnes. Polly n'était pas près d'oublier cette semaine-là : tous ses vêtements étaient constellés de ouate collée. Pas seulement ses vêtements, ses doigts aussi.

Derrière elle, Kyle se racla la gorge plusieurs fois en se lissant les cheveux, ses cheveux couleur paille que la nervosité et les mauvais traitements étaient en train de transformer en gros épis tout raides. Il se leva d'un bloc, passa devant Arturo et les autres spectateurs. Polly lui fit un signe de la main pour l'encourager. « Vas-y, mon vieux, tu vas être super, comme toujours. » Ses yeux firent le tour de la salle. Rien n'avait changé : la police, ses parents, Isabelle et monsieur Jones, toujours assis côte à côte.

L'élève assis à côté d'elle lui donna un coup de coude dans les côtes :

— Les suivants, c'est nous, ma vieille.

Polly regarda de nouveau la scène. On applaudissait l'arrivée de Kyle. Sa musique si belle flotta aux quatre coins du gymnase et dispensa dans la tête de Polly des ondes de vrai bonheur. « Dommage qu'il ait des piquants de porc-épic à la place des tifs, se dit Polly, et qu'il s'entête à porter son satané chandail rouge. Dommage ? Bof ! On peut pas tout avoir. » Un jour, elle le prendrait à part et lui apprendrait quelques trucs vestimentaires.

Le chœur attendit la fin des applaudissements pour monter sur scène. En passant près de ses parents, Polly leva la main, pas beaucoup, juste un peu, juste pour leur faire savoir qu'elle les avait vus et qu'elle était contente qu'ils soient là. Madame DeCosta était avec eux. À côté d'elle, les Clay avait l'air de deux dignitaires en visite officielle. Bien malin qui aurait pu dire qui des trois était le plus vieux. Bizarres comme parents, ces deux-là. De vraies têtes de bibliothécaires. Ça leur arrivait de parler des fois ? Pas étonnant qu'ils aient une carpe comme rejeton.

Isabelle était tout sourire et multipliait les mimiques et les simagrées en direction de la toile. « Chouette, se dit Polly, ça lui plaît. Bon sang ! Si j'arrivais à mettre la main sur ses fichues pierres. Pourvu que les voleurs ne les aient pas déjà vendues, ou confiées à un prêteur sur gages, ou fait disparaître à tout jamais. » Elle grimpa sur la scène et se plaça à côté des autres élèves de sa classe. Elle mêla sa voix à celles du chœur, sa voix claire et grave, sa voix de contralto qui avait les mêmes inflexions que celles de Kyle et d'Arturo.

« Un monde en harmonie, songea-t-elle, un monde capable de mêler ses inflexions les unes aux autres, comme celles du chœur. Faites que cela arrive, supplia-t-elle, faites que tout se règle avant Noël, que la sérénité revienne enfin et que tout le monde soit heureux, Arturo, Isabelle et moi, bon sang, oui moi ! »

Elle sortit l'héliotrope et le plaça bien à la

vue sur sa blouse blanche. Sous les projecteurs, la pierre brillait d'un éclat particulier. « Invisible, moi ? songea encore Polly. Pas si invisible que ça, pas vrai, le lapin ? Un fantôme peut-être, tout comme toi, mais invisible, ça non : mon œuvre est sur la scène, exposée aux yeux de tous, ma voix est parfaitement audible, même dans le chœur, et mes parents sont là. Pas si mal pour un début, non ? »

Le chœur en était déjà à la dernière chanson. Les gens applaudirent, puis on ralluma les lumières.

— C'était formidable, Polly, lui dit sa mère. Il faut que je me rende tout de suite à l'aréna si je ne veux pas rater la dernière période. Ton père reste avec toi.

Ted se racla discrètement la gorge :

— On voulait te dire, Polly. On voulait te dire que...

Jan déposa un baiser sur la tête rousse de Polly :

— Ah oui ! On voulait te dire qu'on est vraiment fiers de toi. La toile que tu as faite... c'est très bon, vraiment très bon. Pour décorer une scène, c'est vraiment génial.

L'instant d'après, elle s'était volatilisée. Envolée.

Son père la serrait affectueusement contre

lui et, bientôt, un petit groupe se forma autour d'eux : les Clay, Arturo, sa sœur et sa mère, Isabelle et monsieur Jones.

— Au lieu d'aller rejoindre les autres en bas, proposa Ted, que diriez-vous d'aller prendre une crème glacée quelque part ? Il faut fêter ça, non ?

Polly vit les deux policiers se frayer un chemin vers eux. Elle se pencha vers son père :

— Ne les laisse pas emmener Arturo, papa.

Kyle avait eu la même idée. Son père fourra son béret dans sa poche et s'approcha des DeCosta.

— Arturo DeCosta, déclara sentencieusement l'un des policiers, veuillez nous accompagner au poste de police. Nous avons quelques questions à vous poser.

— Je suis son avocat, s'interposa monsieur Clay. Sa mère ici présente et moi, nous vous accompagnons également au poste.

— J'ai bien peur qu'Arturo soit impliqué dans une affaire grave, dit le policier. Nous avons certaines preuves qui démontrent qu'il fait partie d'une bande de voleurs.

— On l'a forcé ! s'écria soudain Polly.

Kyle lui mit la main sur l'épaule :

— Chhhhut, dit-il. Laisse mon père s'occuper de tout ça. Pour Arturo, c'est mieux, crois-moi.

Madame DeCosta serra son fils contre elle et éclata en sanglots. Elle lui murmura quelques mots à l'oreille en espagnol.

— Ça va aller, mama, dit calmement Arturo. Ils vont pas me faire de mal. Je vais pas me volatiliser, tout de même.

Il se tourna tristement vers monsieur Clay, qui s'adressait déjà au petit groupe :

— Ted, emmenez tout ce beau monde au restaurant. Moi, j'accompagne Arturo et sa mère au poste. Eux aussi veulent que justice soit faite, dit-il en regardant Polly. Comme nous. Pour l'instant, Polly, tu ne peux pas faire plus, d'accord ? Pas ce soir, en tout cas. Si jamais Arturo doit comparaître devant le juge, tu seras sans doute appelée à témoigner. Bon, allons-y. On ne devrait pas être absents longtemps. On vous rejoindra peut-être au restaurant plus tard.

Polly était complètement abasourdie : le père de Kyle-la-Carpe parlait. Non seulement il parlait, mais il défendait les gens en parlant. Et il allait défendre Arturo.

— Tu m'as jamais dit que ton père était avocat.

— Tu me l'as jamais demandé, murmura

Kyle. Il enseigne le droit à l'université.

— Es-tu riche ? demanda Rosalie.

— Mes parents vivent très simplement, répondit Kyle, sérieux. Ils ont la ferme conviction qu'ils ont un rôle à jouer dans la lutte contre l'idéologie matérialiste de la classe moyenne ou, si vous préférez, contre la surconsommation, qui est l'un des stéréotypes bourgeois les plus tenaces.

— Quoi ? grognèrent ensemble Rosalie et Polly.

— L'argent qu'on a, on s'en sert pas juste pour nos besoins à nous, dit Kyle plus sobrement.

— Ça a l'air sérieux, ton affaire, dit Polly en souriant. Mais j'ai faim, moi. Pas seulement pour une crème glacée, à part ça. Avant, je veux un hamburger et des frites.

Ted aidait Isabelle à mettre son châle. Jones était un peu à l'écart et conversait avec les parents encore présents. Madame Clay était partie au poste de police avec son mari et les DeCosta, moins Rosalie, qui avait demandé à rester avec Polly.

— Prêts ? cria Ted. Trêve de bavardage et en route pour le centre d'achats ! La crème glacée nous attend. La crème glacée et ma boutique, ajouta-t-il. C'est la supervente de Noël, ne l'oublions pas !

14

CHASSE À L'HOMME

Ted stationna la voiture près de l'entrée de son magasin. Polly, Kyle et Rosalie s'étaient entassés à l'arrière, Isabelle avait pris place en avant.

— Vous allez être obligés de rentrer à la maison à pied, les enfants, dit Ted. Il faut que je reste pour fermer la boutique.

— Hé, regardez! s'écria Kyle. C'est pas la fourgonnette de Thorn là, juste devant la crêperie?

Une voiture de police était stationnée à côté. Rosalie frissonna.

— T'en fais pas, Rosalie, fit Polly. La police doit lui avoir mis le grappin dessus à l'heure qu'il est.

Elle empoigna son sac à dos. Dedans, il y avait son portefeuille et son bloc à dessin.

— Pourquoi tu ne laisses pas tout ça dans la voiture, ma belle? lui demanda son père.

Polly secoua la tête et chargea le sac sur son dos en mettant le cap sur le restaurant.

L'intérieur du centre d'achats était illuminé comme en plein jour. Ruissellement de l'eau des fontaines, airs de Noël joués par un quatuor à cordes vêtu de blanc et de noir comme des pingouins, brouhaha des noctambules agglutinés autour de l'immense arbre de Noël qui occupait le centre de la place, excitation des enfants qui faisaient la queue devant le père Noël, tout étonnés d'être encore debout à cette heure tardive : tout rappelait la fête, la magie de Noël.

— Ils devraient être au lit, déclara Isabelle, l'air réprobateur.

Jones les avait précédés au restaurant et avait réservé une table dans la section non-fumeurs.

— Quelle chance d'avoir mon ex-professeure comme voisine, s'esclaffa-t-il en donnant une tape amicale sur l'épaule d'Isabelle. Tout ce que je sais, c'est elle qui me l'a appris.

— Oh! allez, Howie! dit Isabelle en rougissant. Je n'ai pas fait grand-chose, une simple supervision, quand tu faisais ton stage pour être professeur.

— Pourquoi ne pas me remplacer aux ateliers d'arts plastiques pendant vos moments de loisir? ajouta Jones pour la taquiner.

— Voyons donc, Howie, riposta Isabelle. Si un professeur à la retraite...

Kyle et Polly échangèrent un regard en réprimant un fou rire. Howie? Monsieur Jones s'appelait vraiment Howie?

— Hé! regardez qui s'en vient, fit Ted.

L'inspecteur Mills et le jeune policier Connelly — celui qui avait exploré les poubelles de Thorn et s'était porté au secours de Polly et de Robin — entraient dans le restaurant.

— Joignez-vous à nous! leur cria Isabelle. Comme ça, vous pourrez nous mettre au courant des derniers développements.

— Vous devez être contents, leur dit Ted avec enthousiasme. Mettre la main sur un voleur comme celui-là, le chef de la bande en plus. Bon, les enfants, qu'est-ce que vous prenez comme poison? enchaîna-t-il en sortant son portefeuille.

Polly secoua la tête en rougissant. «Quel gaffeur, sapristi!» Il avait l'air intelligent, planté là en plein milieu du restaurant avec son argent à la main. «Mais on a tous l'air un peu stupides», songea encore Polly. Elle sortit son bloc à dessin et fit un croquis de son père.

— Eh bien, hésita l'inspecteur Mills, j'ai bien peur que nous ayons perdu la trace de Thorn et de sa copine. On n'a rien trouvé, ni chez eux, ni dans la fourgonnette. Alors, on s'est dit qu'il valait mieux attendre d'avoir des preuves pour les arrêter.

— C'est Rudy qui a emporté tout le matériel, fit Polly en levant les yeux vers le petit groupe. C'est lui qu'il fallait prendre en chasse. Il a fichu le camp en Colombie-Britannique pour livrer une voiture remplie de marchandises volées.

L'inspecteur Mills vint s'asseoir à côté de Polly, qui lui montra le croquis qu'elle avait fait de l'intérieur du garage de Rudy.

— Vous voyez toutes ces boîtes? demanda-t-elle. À mon avis, elles renferment tout ce qu'on cherche : les cadeaux de Noël, les bijoux des Weinstein et... les pierres d'Isabelle, ajouta-t-elle en lui adressant un clin d'œil.

— Pourquoi ne pas nous avoir dit tout ça plus tôt? demanda l'inspecteur Mills.

— J'attendais d'être vraiment sûre. Avant cet après-midi, je l'étais pas. Et vous êtes tellement occupés.

— Je ne pensais jamais que vous alliez mener une vraie enquête, fit l'inspecteur Mills. Pour des enfants, vous êtes tenaces, dites donc!

— Tenaces? fit Isabelle en plongeant sa cuillère dans sa crème glacée. Ces deux-là font la paire, croyez-moi. Mais patients, ça...

Elle adressa un clin d'œil à Polly.

« Elle n'a pas complètement tort », se dit Polly en se rappelant son explosion devant ses parents. Ils étaient venus au concert, soit, mais ça ne voulait pas forcément dire qu'ils s'étaient réconciliés tous les trois. Elle caressa l'héliotrope. « Bon. Un peu de patience, Polly. Surtout si tu veux prouver à tout ce beau monde que tu n'es plus une enfant. » La superpatiente Polly McDougall se demanda s'il existait une pierre qui avait la vertu de rendre patient.

***

— Rudy est l'oncle de Thorn, dit Kyle.

— Ça, on le savait, fit l'inspecteur Mills en prenant le cornet que Ted lui tendait. Ce qu'on ne savait pas, c'est s'il pouvait être mêlé à l'affaire. Depuis un moment, il avait l'air de s'être rangé. J'ai bien peur qu'on ait négligé certains petits détails, ajouta-t-elle en feuilletant le bloc à dessin de Polly. Et ça, qu'est-ce que c'est ?

Elle montrait le croquis représentant la cour des Kim.

— Ils enterraient quelque chose, répondit Polly.

— Probablement du chou, répondit le jeune officier. S'ils sont Coréens, comme je le suis à moitié moi-même, ils doivent le faire aussi : on enterre dix ou vingt kilos de chou fermenté pour en faire un plat.

— Vingt kilos de chou ! répétèrent Kyle et Polly en grimaçant.

— À un certain moment, on a pensé que c'était les Jumeaux qui avaient fait le coup, dit Kyle.

— Ouais, fit Polly. On a cru qu'ils faisaient pousser de la marijuana et qu'ils fournissaient les jeunes.

— On a vérifié, dit l'inspecteur Mills en souriant. Ils ont une serre et cultivent des plantes tropicales très rares, c'est tout.

Ted tendit un cornet de crème glacée au chocolat à deux boules à Kyle.

— Comment avez-vous découvert qu'Arturo travaillait pour Thorn ? demanda l'inspecteur Mills.

Polly avala sa dernière bouchée de hamburger, se lécha les doigts et prit le cornet que son père lui tendait.

— Il portait toujours le sac du *Journal* du mauvais côté, sans avoir d'itinéraire précis, répondit-elle. Et en plus, il avait l'air d'avoir peur de Thorn. Quand il s'est rendu compte de ce qu'il faisait et qu'il a compris qu'on commençait à avoir des doutes sur lui, il a complètement perdu les pédales. C'est pas un mauvais gars, inspecteur. On l'a forcé à faire ça. Est-ce qu'on va le mettre en prison ? demanda Polly en caressant la main de Rosalie. C'est lui qui bourrait le chien de biscuits pendant que Thorn cambriolait Isabelle. C'est encore lui qui a caché la marchandise volée dans la fourgonnette. Thorn voulait pas qu'on le voie en train de transporter des trucs. Lui, il se contentait de surveiller les alentours et de cambrioler les appartements où il y avait des enfants qui travaillaient pour lui. C'est toujours eux qui transportaient les objets volés. Le dessin du lapin fantôme, ajouta Polly en se tournant vers Rosalie, c'est Arturo qui te l'a donné, hein ? Je l'avais laissé chez Isabelle, sur le comptoir, à côté du téléphone.

Rosalie hocha la tête, sa lourde frange de cheveux noirs dissimulant complètement ses yeux.

— Je vais te le rendre, si tu veux.

— Tu l'as colorié, tu le gardes, la rassura Polly. C'était un autre indice, rien de plus.

— Kyle a trouvé la liste des numéros de téléphone cachée dans l'arbre, dit Isabelle. C'est comme ça qu'ils ont découvert comment le voleur s'y prenait. C'est encore eux qui ont sauvé George.

— George ? demanda l'inspecteur Mills. Qui est George ?

Isabelle la mit au courant de l'empoisonnement du chien. Malgré la gravité de l'incident, tout le monde s'esclaffa quand elle décrivit l'allure du pauvre animal, ses tremblements et ses grognements sinistres.

— Tu as un sacré talent, dit l'inspecteur Mills en examinant les croquis l'un après l'autre. Et lui, qui c'est?

— C'est Thorn au naturel, répondit Polly. Et là, c'est l'Épi sans ses fichus cheveux orange, ses monstrueuses boucles d'oreilles et ses deux centimètres de maquillage.

— Je peux les emporter? demanda soudain l'inspecteur Mills en se levant. On les a suivis dans le centre d'achats, tous les deux. Ils nous ont bien eus, d'ailleurs. Ils nous ont fait faire au moins dix fois le tour du centre avant de se volatiliser. Il y a un policier à chaque étage. C'est ça le problème avec les gros centres d'achats comme celui-ci, c'est facile de se faufiler. Tes croquis pourraient nous être très utiles, Polly.

— En tout cas, ils vont sûrement pas chercher à récupérer la fourgonnette, dit Kyle. Arturo dit qu'ils vont prendre la poudre d'escampette. Il les a entendus dire ça, un jour qu'il rentrait chez lui pour rapporter le sac à journaux.

— Ils ont disparu avant qu'on puisse leur

mettre la main au collet, soupira l'inspecteur Mills. Ils sont peut-être encore ici, qui sait?

— Ce qu'on cherche, c'est deux *punks*, dit le jeune officier. S'il leur prend l'envie de changer de vêtements et de se faire couper les cheveux, on est fichus. On ne les reconnaîtra jamais.

Kyle et Polly se levèrent sans dire un mot et, sans se consulter, se ruèrent vers l'ascenseur. Rosalie fit mine de les suivre, mais Isabelle l'attrapa par la main.

— Toi, tu restes avec moi. Si jamais ta maman revient...

— Soyez prudents, les enfants, leur cria Ted. Je serai à la boutique, au cas où vous auriez besoin de moi.

Les deux policiers emboîtèrent le pas aux deux jeunes et montèrent avec eux jusqu'au dernier étage. Difficile d'aller vite quand il faut traverser une foule aussi dense, chargée de paquets, poussant des chariots ou des voitures d'enfant.

Kyle et Polly savaient très bien où ils allaient : au salon de coiffure situé au bout du premier couloir, à gauche.

L'inspecteur Mills les rattrapa au moment où ils arrivaient à la réception.

— Avez-vous eu un client avec une tresse

violette et une cliente avec des cheveux orange, ce soir? demanda Polly.

Le long jeune homme hocha la tête derrière le bureau.

— C'était, en effet, très coloré, dit-il. Que... que puis-je faire pour vous? ajouta-t-il après une seconde d'hésitation.

L'inspecteur Mills montra son insigne.

— Hé, Dorry! tu veux bien venir ici et raconter à la police comment tu t'y es prise pour métamorphoser les deux *punks*?

Une fille apparut de derrière une cloison mauve et s'approcha en s'essuyant les mains sur une serviette marquée au nom du salon.

— Les deux *punks*? Ah oui! Bon, eh bien, ils se sont présentés ici vers les dix-huit heures, pressés comme c'est pas possible, pris de panique, on aurait dit. Ils ont demandé combien de temps ça prendrait pour leur redonner une apparence... euh... plus normale, disons. Vous voyez ce que je veux dire? Plus *punks* que ça, tu meurs. Et ils voulaient ressembler à monsieur et madame tout-le-monde. C'est sa grand-mère à lui qui est morte, paraît-il, et ils voulaient pas se présenter aux funérailles arrangés comme ils l'étaient.

— Un défi monstre, si je puis me permettre, intervint une seconde coiffeuse. Leurs cheveux, quel gâchis, Seigneur! Pleins de gel et de fixatif. Et pas de...

— Aucune importance, Jeffery. Les cheveux, c'est pas ce qui intéresse la police, hein?

L'inspecteur Mills leur montra les croquis de Thorn et de l'Épi, avant et après la métamorphose.

— *Wow!* Des portraits-robots! s'exclama Dorry en passant les croquis à Jeffery.

— *Wow,* en effet! fit l'autre. C'est en plein eux. Je sais pas s'ils portaient ces vêtements-là, mais ils traînaient des sacs avec eux, des sacs qui provenaient de boutiques de vêtements du centre d'achats.

— Dommage que vous ne soyez pas passés une demi-heure plus tôt, vous auriez pu leur parler vous-mêmes, dit Dorry en ébouriffant ses boucles platine.

— Ils sont restés aussi longtemps? demanda Polly.

— Qu'est-ce que vous croyez? rétorqua Dorry. Vous avez vu la couleur de leurs tifs? Ça prend un sacré bout de temps pour faire disparaître tout ça. Et remettre la vraie couleur. Un travail d'artiste, oui. C'est à des funérailles qu'ils se rendaient, je voulais qu'ils soient présentables.

L'inspecteur Mills prit son *walkie-talkie* et tendit le bloc à dessin à Connelly :

— Faites-en plusieurs copies, dit-elle. Anderson sera là dans une minute. À présent, on a tout ce qu'il nous faut comme preuves. Arturo a tout avoué. Le pauvre ! Attendez seulement que je mette le grappin sur Thorn.

Kyle et Polly observaient la scène sans dire un mot.

— Les seules funérailles auxquelles Thorn va assister, ricana Polly, ça va être les siennes.

— Voyons donc ! dit Kyle. On pend pas les criminels. Ce serait trop barbare. Ils vont seulement le garder à l'ombre pour un bout de temps.

— On croirait jamais que tu as déjà été une carpe, fit Polly en se dirigeant vers l'ascenseur. Retournons voir Isabelle et Rosalie.

— Et Howie Jones, ricana Kyle. Tu parles d'un nom ! Attends que les autres apprennent ça.

Isabelle et Howie n'avaient pas bougé. Ils sirotaient un café en bavardant.

— Du nouveau ? demanda Isabelle.

— Où est passée Rosalie ? demanda Polly.

— Sa mère est venue la chercher, répondit Howie. Arturo doit se présenter à la cour demain matin à neuf heures trente. Si vous avez l'intention de lui prêter main-forte, vous devriez aller vous coucher, les enfants.

— Avant, je vais aller dire bonsoir à mon père, dit Polly.

Kyle l'accompagna sans dire un mot. Sur une estrade placée à l'intersection de deux couloirs, des clowns faisaient leur numéro devant un public encore nombreux.

— Je suis crevée, dit soudain Polly.

Elle s'arrêta devant une boutique qui vendait du matériel d'artiste. La vitrine lui renvoya l'image d'Anderson qui faisait du lèche-vitrine de l'autre côté de l'allée centrale. Très imposant dans son complet gris, il déambulait lentement le long des boutiques. Polly lui envoya la main.

— S'il fallait que je me sauve, dit Kyle, je passerais à la banque et j'achèterais plein de nourriture. Ensuite, je volerais une voiture dans le stationnement d'un supermarché ou d'un centre d'achats.

— Je me demande s'ils ont vérifié au supermarché, dit Polly en se précipitant vers le magasin d'alimentation.

Kyle la suivit, aussitôt imité par Anderson. Les boutiques défilaient à vive allure et c'est à peine s'ils percevaient les odeurs au passage, celles du café frais moulu et des brioches à la cannelle, bientôt remplacées par celle de la charcuterie ukrainienne qu'un vendeur leur mit un instant sous le nez dans l'espoir qu'ils s'arrêtent et goûtent. Rien à faire, ils couraient. Sans rien voir. Seules les lumières qui clignotaient autour d'eux accrochaient momentanément leur regard. Ils s'engouffrèrent dans le supermarché en manquant renverser la pyramide de rouleaux de papier hygiénique érigée à l'entrée.

À bout de souffle, Polly s'arrêta. L'éclat des fluorescents les éblouit momentanément, retardant leurs recherches. Comment reconnaître Thorn et l'Épi parmi tous ces gens? Anderson arriva derrière eux, haletant:

— Voulez-vous bien me dire ce qui se passe?

— Regardez! dit Polly en pointant du doigt un charmant jeune couple à l'air inoffensif qui attendait à la caisse.

Ils avaient tous les deux les cheveux blonds coupés court. Le garçon arborait un blouson de ski tout neuf et un pantalon de velours côtelé; la fille, une veste rose et un jean blanc — flambant neufs eux aussi.

— Les voilà!

— Es-tu sûre?

Anderson les planta là et se dirigea tout droit vers la caisse. Le garçon et la fille levèrent les yeux et l'aperçurent. Ils saisirent leurs sacs et se ruèrent vers la sortie. Anderson s'arrêta une fraction de seconde, sortit son *walkie-talkie* et cria quelque chose. Puis il s'élança à la poursuite des deux blonds après avoir lancé aux enfants :

— Rentrez chez vous !

***

Jan était assise à la table de la cuisine en train de siroter un café et de grignoter un biscuit. Elle s'était plongée dans la lecture du dépliant sur l'école Kirby et avait étalé sur la table une carte de la ville avec le circuit des autobus. Elle était tellement absorbée par sa lecture qu'elle sursauta à l'arrivée, pourtant discrète, de Polly.

— Ton frère est parti avec son équipe pour fêter un peu, dit-elle en soupirant. Alors je suis rentrée toute seule. Bizarre, hein ? J'en ai un qui est toujours sorti et une autre qui ne veut pas de moi.

Sa voix était triste et, même dans l'état d'excitation dans lequel se trouvait encore Polly, cette tristesse ne lui échappa pas. Elle brancha la bouilloire, prit une tasse, des guimauves, et vint s'asseoir près de sa mère.

— Les enfants grandissent bien trop vite, dit encore Jan, comme pour elle-même. Un jour, ils naissent et la première chose que vous savez, c'est qu'ils sont sortis avec des amis, ou en train de vous engueuler. Je ne suis pas douée pour ça, moi ; les enfants qui vieillissent, c'est pas mon fort.

— Désolée d'avoir crié après toi, maman.

— Ne recommence pas, d'accord ?

— Promis.

La bouilloire sifflait. Polly se fit un chocolat chaud et prit au passage le bocal de beurre d'arachide.

— Une autre tasse ? demanda-t-elle en montrant la bouilloire.

Jan replia soigneusement le dépliant et la carte, et les rangea sur le comptoir. Elle tendit sa tasse à Polly.

— Le dessin... ça te passionne autant que ça ?

Polly fit oui de la tête.

— Ce que tu as fait pour le concert, c'était assez impressionnant. Isabelle dit que tu as du talent. Mais, ajouta Jan en fronçant les sourcils, si jamais ça ne marche pas, tu vas te retrouver sans rien.

Elle parlait très lentement. Polly écoutait sans oser l'interrompre.

— Tes rêves, poursuivait Jan, il te faudra y renoncer. Et ça, c'est dur, crois-moi. Tu finis par être heureuse, bien sûr, mais ça prend du temps. Tellement de temps. On ne devrait jamais avoir des rêves aussi... énormes.

Polly sirotait son chocolat. En fondant, la guimauve répandait sa mousse blanche et sucrée sur le liquide brun. Sa mère la regardait droit dans les yeux et Polly sut avec certitude qu'elle était en train de prendre une décision importante. Jan ouvrit la bouche, mais ce qui en sortit était à peine un murmure :

— Dans le temps, j'étais l'une des meilleures ballerines en ville, oui. J'aimais danser, Polly, tu ne peux pas savoir. Ou peut-être que tu peux, justement. J'aimais la danse autant que tu aimes le dessin, peut-être plus encore. Quand les gens de la Compagnie nationale de danse sont venus pour faire passer les auditions, tout le monde pensait que je serais choisie.

Jan fit une pause, se racla la gorge et cligna des yeux plusieurs fois de suite.

— Ce n'est pas moi qu'ils ont choisie. Les juges ont choisi deux autres petites filles. Mes parents leur ont demandé ce qui s'était passé et pourquoi je n'avais pas été choisie. Ils ont dit que j'avais un sens du rythme remarquable et que j'avais la souplesse qu'il fallait. Mais pas la bonne ossature. Trop grosse, ont-ils dit. Ils ont dit que je deviendrais trop lourde en vieillissant.

Jan avait rosi, comme si la confidence lui avait coûté un effort immense.

Polly lui versa un peu de chocolat chaud. « Pas étonnant que ma mère ait autant de réticences à l'égard des arts », songea Polly. La vision de l'iceberg flottant à la surface de l'eau lui revint à l'esprit. Tout le monde en portait un en soi, finalement, même les parents. Tout le monde avait un secret, un secret doulou- reux, enfoui quelque part. Isabelle, sa mère... Quand, enfin, on consentait à le révéler, toute la tristesse refoulée s'échappait tout doucement comme un nuage de brume. Chacun avait une part de soi qui échappait aux autres, qui restait invisible. « Mon enquête m'a au moins appris ça, songea Polly. Elle m'a au moins révélé un secret, pas mal plus important que le nom des voleurs, un secret sur la vie. Tous les gens qui nous entourent, ceux que nous aimons, ceux que nous n'aimons pas, nous ne les voyons qu'en surface. Ce qui les anime, ce qui les motive, reste à jamais dans l'ombre. »

— Et Shawn lui? Qu'est-ce qui va arriver s'il réussit pas à se classer?

— On en a beaucoup discuté avec lui. Il sait très bien que son père n'a pas réussi dans le hockey, pas plus que moi dans la danse. Mais il est prêt à prendre le risque. Mais lui, c'est un garçon. Je ne sais pas pourquoi, toi, j'ai toujours envie de te protéger.

Polly tendit la main et saisit celle de sa mère. Pendant un court instant, le poids des révélations et des confidences les empêcha de parler.

Jan se leva et alla chercher le dépliant sur le comptoir.

— Ils sont très sélectifs, tu sais. Ils ne prennent pas tout le monde.

— Je sais.

— Il faut prendre deux autobus pour s'y rendre.

— Je sais.

— Il ne faudrait pas que tu passes ton temps à oublier tes affaires. On n'a pas les moyens de racheter tout ce que tu perds.

— Je sais, répéta Polly en avalant une longue gorgée de chocolat.

— Il faut qu'on en parle avec ton père.

— Je sais, répéta une dernière fois Polly, le sourire fendu jusqu'aux oreilles.

Parce qu'elle savait à présent, sans l'ombre d'un doute, que la réponse serait oui.

— Joyeux Noël, maman.

15

UNE CORNALINE POUR NOËL

On était vendredi, la veille de Noël. Dans l'appartement régnait une atmosphère inhabituelle. «Un appartement bourré de cadeaux», songea Polly. Il y en avait partout sans doute, dans les armoires, dans les tiroirs, sous l'arbre. Il y en avait même ailleurs, chez Isabelle, par exemple. Le cadeau de Polly à ses parents. Même la nature avait l'air de se mêler à la fête: dehors, un oiseau piaillait joyeusement.

De la ruelle montait une rumeur confuse. Polly se leva prestement, s'habilla en vitesse et, sans lacer ses chaussures, prit ses clés et traversa l'appartement silencieux. Ils devaient tous dormir, là-dedans. Après l'excitation de la veille, ils étaient exténués. L'équipe de Shawn avait perdu, mais lui avait compté un but et fait deux passes. Une *star*. Shawn était devenu une *star*.

Polly caressa l'héliotrope.

— Peu importe ce qui arrivera aujourd'hui, murmura Polly, toi, tu retournes d'où tu viens. Chez Isabelle. Je t'aimais bien, remarque, j'aimais te sentir sauter contre ma poitrine, te sentir, si doux, sur ma peau, te voir briller et changer de reflets à tout moment, mais ce n'est pas à moi que tu appartiens, c'est à Isabelle. Mais tu m'as aidée, ça oui. Tu m'en as révélé plus sur moi-même que tout ce que j'avais découvert jusqu'ici. Je sais à présent que je ne serai jamais invisible et que je ne souhaite pas l'être. Mais je sais aussi que tout le monde a une face cachée, une zone obscure, et que c'est seulement quand on est très près de quelqu'un qu'on peut avoir accès à cette zone. Comme Isabelle.

Elle endossa son blouson vert et quitta l'appartement sans bruit. Elle verrouilla la porte à double tour. Tout le monde avait le même réflexe à cause des voleurs. Combien de temps encore continuerait-on à avoir peur et à surveiller sa porte ?

Polly frissonna en arrivant dehors.

— Et ton camouflage, tu l'as oublié ?

La voix de Kyle lui parvenait du fort. Dans le calme de ce matin d'hiver, elle avait une résonance particulière. Comme la glace des icebergs de l'océan Arctique qui craque quand vient le printemps.

— Tu parles d'un écho, dit Polly en escaladant l'échelle. Continue comme ça et tu vas réveiller les Beamish et la moitié du voisinage.

Elle retira ses chaussures pour se frictionner les orteils. Sous ses pieds, quelque chose tinta et disparut sous le plancher.

— C'est quoi ça?

Kyle s'accroupit et passa sa main entre les planches disjointes.

— Je touche à quelque chose de froid, murmura Kyle en s'étirant le bras. Quelque chose de froid et de métallique. Ça y est, je l'ai.

Polly s'agenouilla à son tour.

— Mes clés! s'écria-t-elle.

— Alors, c'était pas les voleurs.

— Non, soupira Polly.

— Et c'était pas ta faute, non plus.

Polly mit les clés dans sa poche et alla s'appuyer contre la balustrade.

— Tu entends pas quelque chose? demanda Kyle.

— Je pense que c'est Brutus, le chien de Thorn.

— Il est tout seul, le pauvre. On va le voir, O.K.? C'est vraiment dommage que les chiens puissent pas parler. George, Rex, Brutus la connaissent, eux, l'histoire.

Les lumières s'éteignirent au moment où ils arrivaient en bas de l'échelle. La lumière fade d'un jour grisâtre, annonciateur de neige, les enveloppa soudain. Le chat des Kim sauta sur les poubelles en faisant un boucan de tous les diables.

— Du chou, fit Polly. Pouah!

— Howie Jones, fit Kyle en écho. Tu parles d'un nom!

Le garage de Thorn était verrouillé. Il y avait même un cadenas sur la porte. Avec une chaîne enroulée autour des poignées.

— Je me demande bien s'ils l'ont attrapé, dit Polly.

Kyle haussa les épaules et courut jusque chez Thorn. Le chien gémissait et se lamentait de plus belle.

— Pauvre Brutus. Il a même plus d'eau, il a renversé son bol.

— Il a plus de nourriture non plus.

Kyle souleva le loquet de la barrière et pénétra dans la cour, en louvoyant tant bien que mal entre les excréments. Le chien leur fit la fête et faillit s'étrangler de bonheur.

— Thorn et sa copine sont peut-être bien des escrocs, dit Polly en caressant le chien, mais ils aiment Brutus, ça je le sais.

Elle continuait à flatter le chien en lui parlant doucement. Kyle était parti chercher de l'eau. Il trouva un robinet, mais pas une goutte n'en sortit.

— Ils ont coupé l'eau. Il faut aller en chercher en dedans. Dommage qu'ils aient pas pu emmener leur chien avec eux. Remarque, à leur place, j'aurais fait pareil. C'est un chien super, mais difficile à cacher. On les aurait repérés tout de suite.

Kyle grimpa deux à deux l'escalier derrière la maison et tourna la poignée. Contre toute attente, la porte s'ouvrit.

— C'est la meilleure, dit-il en souriant. Des bandits avec une serrure qui ferme pas.

Il pénétra à l'intérieur, suivi de Polly et de Brutus. Le chien se dirigea spontanément vers son bol d'eau et se mit à laper bruyamment. Polly fouilla sous l'évier à la recherche de nourriture.

La maison était sens dessus dessous. Des montagnes de vaisselle s'amoncelaient sur le comptoir, le sol était jonché d'objets divers : vêtements, chaussures, magazines. Seul, un coin du salon était dégagé et avait manifestement été nettoyé. Un vieux divan de velours brun recouvert d'un tissu afghan rouge trônait au milieu de la pièce. Un petit arbre de Noël — artificiel et complètement nu — était juché sur le téléviseur. Par terre, il y avait une boîte remplie de boules de Noël rouges et vertes.

— Même les bandits fêtent Noël, murmura Kyle.

Polly se dirigea vers la table basse placée dans le coin dégagé du salon, sur laquelle étaient rangés des bonsaïs dans des pots d'émail noir. Polly effleura du doigt les minuscules pierres et la couche de mousse verdâtre à la base des petits arbres.

— Ils sont peut-être très vieux, dit Polly pensivement. Si les Japonais n'avaient pas mis au point leurs fameux semis pour développer des espèces naines, ce serait peut-être des géants à l'heure qu'il est. Après les lapins, c'est les arbres que je préfère. J'aimerais ça, avoir un bonsaï, mais c'est hors de prix.

Elle examina de plus près les branches, les nombreuses ramifications fragiles des arbres.

— Ils ont soif eux aussi, dit-elle après un moment.

Elle se leva pour aller chercher de l'eau. L'épagneul était roulé en boule sur une épaisse couverture, au pied d'un gros fauteuil contre lequel étaient empilés de vieux journaux et des boîtes. Kyle dégagea l'espace pour faire plus de place au chien.

— Hé, regarde ! dit-il en soulevant l'une des boîtes pour la montrer à Polly.

Ce qu'elle vit la figea sur place.

— Le coffret d'Isabelle!

Impossible de se tromper. Les initiales I et A ornaient le dessus du coffret en cèdre. Kyle le lui tendit.

— Vide, malheureusement, dit-il.

Polly déposa l'arrosoir par terre et prit le coffret. C'était bien lui: le satin, les nids minuscules prêts à recevoir les pierres. Elle leva les yeux vers Kyle:

— Trop tard, soupira-t-elle. On arrive trop tard.

Ils se laissèrent tomber par terre, découragés. Le chien vint les rejoindre et posa sa tête sur les genoux de Kyle.

— Je me demande si mes parents accepteraient qu'on prenne Brutus avec nous. Il faut bien que quelqu'un s'en occupe.

Il serra le chien contre lui. Un frisson de plaisir parcourut le corps de l'animal.

— Moi, je pourrais m'occuper des bonsaïs, dit Polly.

Elle se remit à l'ouvrage, un peu plus triste qu'avant.

«La tristesse est palpable partout, songea-t-elle, je la ressens jusqu'au plus profond de moi.» Si elle aimait tant dessiner et peindre, c'était peut-être pour chasser la tristesse, pour apaiser son impatience envers les adultes. « Si je ne dessine pas, se dit- elle, je ne ressens pas grand-chose, j'en ai peur. C'est le dessin qui me fait vraiment prendre conscience des gens, des choses, de ce que ressent Isabelle, de la tristesse dans les yeux d'Arturo. Des fois, je peins parce qu'une scène l'exige mais, des fois, c'est uniquement pour garder mon équilibre. »

— J'ai pas fermé l'œil la nuit dernière, marmonna Kyle. J'ai pas arrêté de penser à Arturo.

Polly regardait l'eau s'insinuer entre les pierres, entre les racines délicates des arbres nains.

— J'en ai profité pour relire un de mes livres d'enfant, avoua-t-il, un peu gêné. Ça m'a fait du bien.

Polly leva les yeux vers lui.

— Tu devineras jamais ce que j'ai lu... continua-t-il.

Les mots déboulaient soudain comme s'ils étaient pressés de sortir, comme s'ils avaient été retenus trop longtemps. « Il a trouvé sa voix, songea Polly, et il l'essaye. Un peu comme un oisillon pressé d'essayer ses ailes à son tout premier vol. »

— Le sentiment de la réalité, on l'a pas en naissant. Ce sont les choses qui nous arrivent qui nous donnent le sentiment d'exister. On est pas réels, on le devient. C'est exactement ça que je ressens, ajouta Kyle en prenant une énorme goulée d'air. Quand quelqu'un écoute ce que j'ai à dire, je sens que j'existe. Mais si personne m'écoute, je sais plus comment parler, j'oublie mes mots.

Brutus avait beau lui lécher la figure avec sa grosse langue rose tout humide, Kyle était intarissable. Il s'arrêtait un instant, regardait le chien en souriant et repartait de plus belle.

Kyle voulait qu'on l'écoute. Elle, elle voulait qu'on la voie. Quant à Arturo, tout ce qu'il voulait, c'était se sentir chez lui. Et en sécurité.

— Bon. Suffit pour aujourd'hui, dit Kyle en se levant. Il faut qu'on se prépare pour aller à la cour.

Polly se dépêcha d'arroser les dernières plantes. À moins que l'Épi ne refasse surface, il lui faudrait revenir dans un jour ou deux pour arroser de nouveau.

Dieu qu'ils étaient beaux, si petits mais si merveilleusement formés avec leurs branches, leur tronc et toutes ces pierres si brillantes, déposées çà et là comme dans des jardins miniatures. Ces petites pierres si brillantes... Au sommet de l'une d'elles brillait un drôle de petit cône en or. Comme un œillet. Un œillet? Polly se pencha vers la pierre.

— Attends une seconde, s'écria-t-elle.

La pierre qu'elle tenait était orangée et translucide — une cornaline, se rappela Polly, la pierre du réconfort, avait dit Isabelle.

Polly continua son inspection en silence. Elle prit une seconde pierre d'un vert très vif nichée entre deux racines d'un saule nain.

— Ça, c'est du jade, dit-elle.

Polly rangea aussitôt les deux pierres dans la boîte d'Isabelle. Elle et Kyle examinèrent chacun des arbres, recueillant l'une après l'autre les pierres mêlées aux petits cailloux qui recouvraient la terre. Tous les petits nids de satin furent bientôt remplis à l'exception d'un seul.

— Zut! grogna Polly. Il en manque une.

— Tu es dans la lune ou quoi? fit Kyle. C'est l'héliotrope. Tu l'as autour du cou.

Ils se dépêchèrent de quitter la maison.

— Je sais pas si on peut être arrêtés pour avoir volé des voleurs, dit Polly en courant dans la ruelle.

— Mon Dieu, mais qu'est-ce qui se passe?

Isabelle se dirigeait tranquillement vers la poubelle, George trottant à ses côtés.

— On croirait pas qu'il est réveillé, il ronfle encore comme une vieille locomotive à vapeur.

— Oh! Isabelle! s'écria Polly. Joyeux Noël!

Elle se jeta littéralement sur Isabelle et la serra au point de l'étouffer. Isabelle vacilla, mais tint bon.

Kyle sortit le coffret de derrière son dos et le tendit à Isabelle.

— Joyeux Noël! répéta-t-il d'une voix limpide.

16

AU TRIBUNAL

À neuf heures trente tapant, les Clay, les McDougall et les DeCosta étaient réunis dans la salle d'audience 444, au tribunal pour la jeunesse.

Polly avait évidemment pris soin d'apporter son bloc à dessin et la chemise contenant les cartes et les dessins réalisés depuis le début de son enquête. Dehors, le ciel était bas, lourd et gris. La neige promise se faisait toujours attendre. On la sentait dans l'air, on l'espérait, mais pas un brin ne tombait. Le mercure stagnait autour de zéro.

Isabelle se mêla au petit groupe et prit Polly à part.

— Il faudrait vraiment que tu viennes chez moi cet après-midi pour finir ta toile. C'est Noël, au cas où tu l'aurais oublié. Si tu veux que tes parents aient un cadeau, c'est maintenant ou jamais.

Polly hocha la tête. « Quelle semaine, sapristi ! » Quelle bizarre semaine ils venaient de passer ! En tout cas, ce n'était pas un Noël comme les autres. Elle parcourut la salle des yeux. Monsieur Clay était assis en avant. Arturo était dans la troisième rangée, à côté de sa mère. Rosalie ne lâchait plus Polly. Elle était blottie contre elle et lui souriait.

— On se croirait dans une église, dit-elle.

Elle avait raison. La salle d'audience était grande et spacieuse ; les chaises, le banc du juge, le bureau du greffier et deux tables — l'une pour l'avocat de la défense, l'autre pour l'avocat de la Couronne —, tout le mobilier était en chêne.

Kyle — l'ex-carpe — leur faisait faire le tour du propriétaire, à elle et à Rosalie. Il montrait tout, expliquait tout, clairement et posément, comme s'il avait fait cela toute sa vie.

— Si je parle à Rosalie, ça va la calmer, comprends-tu ? souffla-t-il à Polly. Tu vois la femme assise à la table du greffier ? demanda-t-il à Rosalie. Elle enregistre tout à l'aide d'un magnétophone.

Mais Rosalie écoutait à peine. Elle avait le cœur gros et regardait à tout moment du côté de sa mère et d'Arturo assis dans la troisième rangée, près de la barrière métallique qui séparait l'assistance des magistrats parmi lesquels se trouvait monsieur Clay.

— Ça va aller, Rosalie, t'en fais pas, lui dit Kyle très doucement. Mon père dit que ça va très bien se passer. Arturo a été très coopératif avec la police. Son témoignage est précieux, tu sais. Avec ça, ils vont réussir à prouver la culpabilité de Thorn et de Rudy.

— Et puis, oublie pas qu'il a été forcé, ajouta Polly en lui tapotant la main. Par un adulte, à part ça.

— Quand le juge arrivera, vous vous lèverez, leur recommanda Kyle. Une fois que c'est commencé, silence. On chuchote même pas. Et puis, on a de la chance : Arturo est le premier à passer.

La salle se remplissait peu à peu de représentants de groupes ethniques : Noirs, Blancs, Jaunes... On se serait crus aux Nations Unies. Un policier surveillait chacune des portes.

— Veuillez vous lever, ordonna une voix à l'avant de la salle. La séance est ouverte. Elle sera présidée par le juge Ludvig Smitt. Arturo Romero DeCosta, voici la liste des chefs d'accusation retenus contre vous.

— Ce garçon a un avocat ?

— Adam Clay, Votre Honneur.

Monsieur Clay fit signe à Arturo de venir près de lui.

— La mère d'Arturo est dans la salle, Votre Honneur. Je ne crois pas nécessaire de faire la lecture des chefs d'accusation.

— Sa mère est-elle consciente de la gravité des accusations portées contre son fils? demanda le juge.

Arturo se tenait très droit, à côté de monsieur Clay. Polly soupira en jetant un coup d'œil à Kyle.

— Mon père a un plan, j'en suis sûr, murmura-t-il.

— Oui, Votre Honneur, dit monsieur Clay.

— Qu'est-ce que votre client entend plaider? demanda encore le juge en se tournant vers Arturo.

Polly avala sa salive. Qu'il avait l'air minuscule, sapristi! Coincé entre toutes ces grandes personnes trop sérieuses, entre un juge vêtu d'une toge trop noire et des avocats dans des vêtements trop stricts. Polly sentit ses muscles se tendre et sa main agripper plus fermement la chemise qui contenait ses dessins. Qu'est-ce qu'elle aurait donné pour avoir Thorn là, devant elle, et l'assommer! S'en prendre à Arturo! Les inspecteurs Anderson et Mills pénétrèrent dans la salle et prirent place à l'arrière.

— Je plaide non coupable, Votre Honneur.

La voix frêle d'Arturo — malgré son fort accent espagnol — flotta un instant dans la grande salle silencieuse. Tous les regards étaient tournés vers lui, tous ceux qui l'aimaient étaient là, prêts à lui venir en aide.

— Nous plaidons non coupable, rectifia Adam Clay en regardant Arturo, un doigt sur les lèvres. Sa mère est disposée à le ramener à la maison, Votre Honneur.

— Est-elle également disposée à endosser l'accusation ? Vous savez que les charges portées contre lui relèvent du droit criminel.

— Elle le sait aussi, Votre Honneur. Mais regardez tous ces gens ici présents, ils sont venus pour aider les DeCosta. Arturo n'a que douze ans. Il n'a pas de casier judiciaire, réussit bien à l'école et est immigrant reçu. Et je me permets de vous rappeler, Votre Honneur, qu'on a proféré des menaces à l'égard d'Arturo, qu'il a été forcé par des adultes.

— La cour fixe le procès du prévenu au 30 janvier, à dix heures, salle 444, déclara l'avocat de la Couronne.

— Tu peux rentrer chez toi, à présent, dit le juge à Arturo, un demi-sourire aux lèvres.

Arturo regagna sa place. Tout le monde se leva en bloc, salua la cour et se hâta sans bruit vers la sortie.

— La cause suivante, dit le juge en se raclant la gorge.

— Qu'est-ce qui va se passer, Polly ? demanda Rosalie.

Elles se dirigeaient vers l'ascenseur.

— Je pense que ça va. Il est libre de rentrer chez lui. Ta mère se porte garante de lui. Et nous aussi.

Kyle toussota pour attirer leur attention :

— Papa dit que son témoignage à propos de Thorn et de Rudy plaide en sa faveur. Vous auriez dû l'entendre hier soir, il arrêtait pas d'échafauder toutes sortes d'hypothèses avec ma mère pour trouver la meilleure façon de disculper Arturo. Et pour pas qu'il ait de casier judiciaire. Moi, j'essayais de les suivre, mais je me suis endormi sur ma tasse de chocolat.

Polly aperçut les deux inspecteurs en grande conversation avec deux autres personnes. Elle leur envoya la main. L'une des deux personnes avait un appareil photo en bandoulière et l'autre transportait un magnétophone. Anderson pointa les enfants du doigt.

— Hé ! une minute ! cria la femme au magnétophone.

En bas, un groupe de chanteurs était rassemblé autour d'un immense sapin de Noël. Des cadeaux de toutes les couleurs s'empilaient dessous.

— Une minute!

Les deux inspecteurs et les deux journalistes couraient vers Polly, Kyle et leurs parents.

— Je te parie ce que tu voudras, Polly, qu'ils vont vouloir vous prendre en photo, fit Ted. Ce n'est pas tous les jours que deux enfants arrivent à résoudre presque seuls un crime.

Polly rougit jusqu'à la racine des cheveux. Kyle, lui, se mordillait les lèvres.

— Tout ça pour arriver à se faire voir, dit-il. Te rends-tu compte, Polly? C'est pas ça qu'on voulait, hein? Nous, tout ce qu'on voulait, c'est qu'on nous prenne au sérieux, rien d'autre.

« Entièrement d'accord, songea Polly. Elle hocha la tête et sourit. Et voilà, se dit-elle, Kyle n'a plus rien d'une carpe et moi, je ne suis plus invisible. Bon, mais c'est pas tout, ça. Il va falloir nous trouver d'autres surnoms à présent qu'on existe. »

Elle contempla son image dans la vitre de l'immense fenêtre qui lui faisait face. Instinctivement, elle se redressa et rejeta les épaules en arrière. « Tiens! j'ai grandi, on dirait. Bizarre. Ou alors, c'est peut-être que je me sens plus grande. »

— Prends quelques photos, Tyler. Après, j'emmène tout ce beau monde au café prendre quelque chose. Je la veux, leur histoire. Vous allez faire la une du journal, les amis. En couleurs, à part ça.

— Pas de photo d'Arturo, intervint monsieur Clay en serrant Arturo contre lui. Ne faites pas mention de son nom, non plus. Pas tant que l'affaire ne sera pas classée, d'accord?

Polly remit son bloc à dessin à l'inspecteur Anderson.

— Vous pourriez en avoir besoin, dit-elle.

— Il y a du nouveau, dit l'inspecteur Mills. Des nouvelles qui pourraient t'intéresser, Polly.

— De bonnes nouvelles, précisa Anderson. Non seulement on a réussi à mettre la main sur Thorn et sur sa copine, mais la police de la Colombie-Britannique a arrêté Rudy à la barrière de péage de Coquihala. Sa camionnette était remplie de marchandises volées. Exactement ce que tu nous avais dit.

— Notre honneur vient d'en prendre un coup, dit l'inspecteur Mills, l'air embêtée. À l'avenir, je pense qu'on aurait avantage à prendre les jeunes un peu plus au sérieux. En tout cas, Kyle et toi, vous formez une drôle d'équipe. J'ai rarement vu des jeunes aussi déterminés, aussi responsables.

Polly rougit pour la deuxième fois de la

journée. Cette fois, la rougeur gagna son front et ses oreilles.

— Je pense que la seule façon d'éviter à Arturo d'avoir un casier judiciaire, dit Anderson, ce serait de l'inscrire au programme «Alternative Jeunes». Il aurait à faire quelques travaux communautaires, mais après ce serait fini.

Le visage de Kyle s'épanouit en un large sourire.

— C'est en plein ce que mon père proposait hier soir quand je suis tombé endormi.

— Tant qu'à y être, on pourrait peut-être s'y mettre tous, suggéra Polly. Tous les membres du fort. On pourrait s'engager à garder le parc propre et sécuritaire, par exemple. Ce serait bien pour les chiens comme George. Pour tous les animaux, d'ailleurs.

— On croirait entendre ta mère, dit Kyle pour la taquiner. Tu nous organises, ma chère!

— Eh bien, on verra, intervint Anderson. Ce n'est pas à nous de décider. L'agent désigné pour Arturo ou les responsables du programme «Alternative» s'en chargeront.

Anderson prit Adam Clay à l'écart pour s'entretenir avec lui de l'avenir d'Arturo.

Puis ce fut la séance de photo: Polly et Kyle côte à côte devant l'arbre de Noël. Polly ne fixait pas l'appareil, mais les cadeaux par terre ; certains étaient emballés, d'autres pas. Et c'est là qu'elle vit un lapin tout blanc, avec des oreilles ourlées de velours, une veste à carreaux et un nœud papillon. Elle se pencha, le prit en vitesse et se redressa juste à temps pour recevoir la lumière du flash en plein dans les yeux.

Rosalie dévorait le lapin des yeux.

— Comme sur ton dessin, Polly. C'est lui, le lapin fantôme.

La peluche était douce sous la main, les yeux étaient gros et ronds comme des billes.

— Excellente photo, Tyler. Prends-en une autre, dit la journaliste.

Jan et Ted se tenaient un peu à l'écart, immobiles, le sourire aux lèvres, enlacés. Ils regardaient Polly sans rien dire, heureux. L'inspecteur Mills montrait les croquis de Thorn et de l'Épi au photographe, qui prenait photo après photo pour compléter le reportage. Polly était tout étourdie. Étourdie et excitée. Toutes ces lumières, celles des flashs de l'appareil photo, celles des ampoules de Noël, des lustres, des lampes, tournoyaient dans sa tête en mêlant leurs couleurs.

— Bon, à vous, les enfants ! Polly et Kyle, racontez-nous comment vous vous y êtes pris. On meurt d'envie de la connaître, cette fameuse histoire.

La journaliste entraîna les deux jeunes vers la sortie et tout le monde suivit à la queue leu leu.

— Tout ça a commencé avec un simple héliotrope...

Ce n'était que le début. Polly parlait et Kyle, à ses côtés, se faisait un point d'honneur de fournir les précisions ou les détails qui manquaient.

— Il fallait voir nos accoutrements...

Juste avant de sortir, Polly leva les yeux et regarda dehors : de gros flocons de neige tombaient doucement, recouvrant toutes choses. Elle serra une dernière fois le lapin contre elle, prit une profonde inspiration avant de le tendre à l'inspecteur.

— J'en ferai jamais d'autres ! dit-elle. J'allais l'emporter avec moi juste parce qu'il ressemble à mon lapin fantôme. Mais il est pas à moi.

— Ton lapin fantôme, hein ? la taquina la journaliste. Ton animal fétiche, oui. Tu es un fantôme toi-même, d'ailleurs. Avec ton camou-flage, tes enquêtes, tes secrets, ta façon de fourrer ton nez partout.

La journaliste esquissa un petit pas de danse.

— Dites, inspecteur, que diriez-vous de

laisser ces deux-là emporter leur fétiche? Ce serait un souvenir de leur aventure, une sorte de récompense pour avoir résolu cette fichue énigme. On pourrait le rapporter cet après-midi, qu'en dites-vous?

Les inspecteurs haussèrent les épaules. Polly reprit le lapin. Fantôme, elle? Pourquoi pas? Oui, fantôme, ça lui plaisait. Dans la foule, elle croisa le regard d'Isabelle. Cette dernière porta la main à son cou, souleva l'héliotrope et, le lui montrant, elle lui envoya la main.

Polly la salua en retour.

Kyle causait avec la journaliste, il lui expliquait en long et en large chacune des cartes, chacun des codes qu'ils avaient mis au point. Polly le vit soudain se détacher du groupe et s'engouffrer dans la vieille Volvo verte de son père.

— Mais où tu vas? cria-t-elle.

— Sauver un chien.

— Un chien? Mais George est sauvé à présent.

— Qui te parle de George? répondit Kyle en souriant. Papa et moi, on s'en va chercher Brutus avant que la police l'emmène à la Société protectrice des animaux.

Polly serra W2O très fort contre elle et leur envoya la main.

À PROPOS DE L'AUTEURE

Mary Woodbury est l'auteure d'un nombre important d'ouvrages pour les jeunes. Citons, entre autres, *Where in the World is Jenny Parker?*, publié chez Groundwood, et son très célèbre *Letting Go*, paru en 1992 chez Scholastic. Originaire du sud de l'Ontario, Mary Woodbury a vécu à Terre-Neuve et en Italie avant de s'établir à Edmonton. Mariée et mère de quatre garçons, elle a longtemps enseigné à l'école primaire. Son chien à elle, un terrier, s'appelle Rosie.

Table des chapitres

Chapitre 1   Le lapin fantôme 7

Chapitre 2   Le coffret aux souvenirs 25

Chapitre 3   Un voleur dans la maison........45

Chapitre 4   Un code, une carte
et un fichu casse-tête..............55

Chapitre 5   Autre jour, autre vol................75

Chapitre 6   Des suspects en trop 87

Chapitre 7   L'enquête se poursuit............103

Chapitre 8   McDougall et Clay,
détectives 119

Chapitre 9   Oh non! George! pas toi! 131

Chapitre 10   Grosse journée! 149

Chapitre 11   Sur la bonne piste 161

Chapitre 12   La bagarre 179

Chapitre 13   Enfin, le grand soir!..............193

Chapitre 14   Chasse à l'homme 207

Chapitre 15   Une cornaline pour Noël.......227

Chapitre 16   Au tribunal 239

COLLECTION ALLI-BI

Qui a perdu les pédales?
Ann Aveling

Quand Minerve joue du piano
Claire Mackay

Le fantôme de Baggot
Jean Booker

Une lumière dans la tourmente
Eric Walters

L'Héritière des ombres
Wilma E. Alexander

Fièvre noire
Mary Blakeslee

Croqués tout rond
Mary Woodbury

Dans les griffes du vent
Hélène Vachon

La baie des mystères
Dorothy Perkyns

Série Steph et Joé

Drôles d'ordures!
Linda Bailey

La frousse aux trousses
Linda Bailey

Deux lapins dans un nid de vautours
Linda Bailey

Série Megan et Ricky

Filon d'or pour un filou
Marion Crook

Flambée d'escrocs
Marion Crook

ACHEVÉ   D'IMPRIMER
EN . FÉVRIER   1997
SUR LES PRESSES DE
PAYETTE & SIMMS INC.
À SAINT-LAMBERT (Québec)